Jack London
(1876-1916)

JOHN GRIFFITH CHANEY (conhecido como Jack London) nasceu em São Francisco, em 12 de janeiro de 1876. Sua mãe, Flora Wellman, abandonada pelo companheiro, se casou com John London, de quem o escritor adotou o sobrenome. Em 1878, a família se mudou para Oakland – a primeira das várias mudanças –, onde John London abriu um negócio, sem sucesso. Para ajudar no sustento da casa, Jack começou a trabalhar como entregador de jornal. Em 1891, comprou um barco a vela, iniciando uma ligação com o mar que seria perpetuada em sua obra. No seu aniversário de dezessete anos, se alistou para trabalhar na escuna *Sophia Sutherland* e passou sete meses no Japão. Ao retornar em meio à depressão industrial que assolava os Estados Unidos, acabou fazendo pequenos trabalhos que pagavam um salário miserável e que comprometeram sua saúde frágil.

Em 1895, voltou para Oakland e se matriculou na Universidade da Califórnia, permanecendo apenas um semestre. No ano seguinte, ingressou no Partido Socialista e intensificou sua luta pelos direitos dos trabalhadores, passando a ser atacado pelos jornais, que o chamavam de "o menino socialista de Oakland". Em 1897, se uniu à corrida pelo ouro no Alasca. A expedição foi um fracasso e ele retornou a Oakland sem dinheiro e padecendo de escorbuto. No ano seguinte começou a escrever sobre suas experiências, vendendo a primeira história, "To the Man on Trail", em 1899. Um ano depois, publicou a primeira coletânea de contos, *The Son of the Wolf*, que o notabilizou pelo retrato vigoroso da vida brutal na região de Klondike, no Alasca. Nesse mesmo ano, casou-se com Bessie Madde
Em 1902, partiu para Londr
condições sociais dos trabal
People of the Abyss (1903).

Jack London teve uma prolífica carreira literária, que inclui diversos contos e romances célebres, como *O chamado da floresta* (1903), *O lobo do mar* (1904), *Caninos brancos* (1906) e *Martin Eden* (1909). No restante de sua curta mas intensa existência foi reconhecido e celebrado mundialmente pela sua obra, trabalhou como jornalista e correspondente de guerra, proferiu palestras e viajou pelo mundo, estabelecendo residência no Rancho Beauty, na Califórnia. Em 1905, casou-se com Charmian Kittredge, sua companheira até o final da vida. Depois de lutar contra várias doenças crônicas, Jack London morreu em 22 de novembro de 1916. Há várias hipóteses para a causa de sua morte, entre elas falência renal e overdose acidental de morfina.

Livros do autor na Coleção **L&PM** POCKET:

Antes de Adão
Caninos brancos
O chamado da floresta
O lobo do mar
A paixão do socialismo (De vagões e vagabundos e outras histórias)

Jack London

O chamado da floresta

Tradução de WILLIAM LAGOS

www.lpm.com.br

L&PM POCKET

Coleção **L&PM** POCKET, vol. 280

Texto de acordo com a nova ortografia.

Título original: *The Call of the Wild*

Primeira edição na Coleção **L&PM** POCKET: abril de 2003
Esta reimpressão: março de 2020

Tradução: William Lagos
Capa: Marco Cena
Preparação de original: Jó Saldanha
Revisão: Renato Deitos

L844c

London, Jack, 1876-1916
    O chamado da floresta / Jack London / tradução de William Lagos. – Porto Alegre: L&PM, 2020.
    144 p.; 18 cm. (Coleção L&PM POCKET; v. 280)

    ISBN 978-85-254-1223-2

    1. Ficção norte-americana-aventuras. I. Título. II. Série.

                                CDD 813.37
                                CDU 820(73)-311.3

Catalogação elaborada por Izabel A. Merlo, CRB 10/329.

© da tradução, L&PM Editores, 2003

Todos os direitos desta edição reservados a L&PM Editores
Rua Comendador Coruja, 314, loja 9 – Floresta – 90.220-180
Porto Alegre – RS – Brasil / Fone: 51.3225.5777

Pedidos & Depto. Comercial: vendas@lpm.com.br
Fale conosco: info@lpm.com.br
www.lpm.com.br

Impresso no Brasil
Verão de 2020

Sumário

- I   Retorno à terra primitiva | 7
- II   A lei do porrete e das presas | 23
- III   A fera primitiva dominadora | 36
- IV   Aquele que conquistou o predomínio | 58
- V   O trabalho na trilha e nos tirantes | 72
- VI   Pelo amor de um homem | 94
- VII   O som do chamado | 114

I
Retorno à terra primitiva

"Como nômades saltam os velhos anseios
 Que a correia da doma deixara irritados;
Novamente das brumas do sono nos seios,
 Os instintos da fera serão despertados."

Buck não lia os jornais, caso contrário teria sabido que havia problemas à vista, não somente para si mesmo como para todos os cães das costas litorâneas que tivessem músculos fortes e pelagem longa e quente, desde o estreito de Puget[1] até San Diego.[2] Isto porque os homens, tateando e cambaleando na escuridão do Ártico, haviam descoberto um metal amarelo e os navios a vapor e as outras companhias de transportes estavam alimentando a descoberta com o combustível de milhares de homens que corriam para as terras do Norte. Todos estes homens precisavam de cães; e queriam cães pesados, com músculos fortes para o trabalho e pelos longos para protegê-los do gelo e das nevascas.

Buck morava em uma casa grande no ensolarado vale de Santa Clara.[3] Ela era chamada de Casa do juiz Miller. Ficava afastada da estrada, meio escondida entre as árvores, através das quais podia ser vista de relance

---

1. O *Puget Sound* (estreito de Puget) é um braço de mar que se projeta 129km em direção ao sul através do estado de Washington, a partir do lado oriental do estreito de Juan de Fuca, que faz fronteira entre os Estados Unidos e a Colúmbia Britânica canadense, junto ao Pacífico.

2. *San Diego* é um porto no sudoeste da Califórnia. (N.T.)

3. O *Santa Clara Valley* fica a oeste da Califórnia e se localiza a noroeste de San José. (N.T.)

a grande varanda fresca que cercava a moradia pelos quatro lados. Chegava-se até a casa seguindo trilhas recobertas de cascalho que se encurvavam por entre largos gramados e sob os ramos entrelaçados de altos choupos. Na parte de trás da propriedade, as construções tinham sido erguidas em uma escala ainda mais espaçosa que na frente. Havia grandes estábulos, em que uma dúzia de estribeiros e aprendizes tomava conta dos cavalos, filas de cabanas cobertas de trepadeiras, destinadas aos criados, um conjunto infindável e bem ordenado de galpões, longos parreirais, pastagens verdes, pomares e locais onde cresciam framboesas e groselhas. Depois vinha uma construção que abrigava as bombas e outros acessórios do poço artesiano e o grande tanque de cimento em que os filhos do juiz Miller davam mergulhos de manhã e se refrescavam nas tardes quentes.

E era Buck quem governava esta grande mansão. Aqui ele nascera e aqui passara seus quatro anos de vida. Era verdade que havia outros cachorros. Em um lugar assim tão vasto, eram necessários vários cães, mas, na verdade, eles não tinham a menor importância. Eles chegavam e partiam, residiam nos canis populosos ou habitavam obscuramente os recantos da casa, como Toots, o *pug*[4] japonês, ou Ysabel, uma cadelinha mexicana sem pelos – estranhas criaturas que raramente punham o focinho para fora das portas ou pisavam no chão de terra. Por outro lado, havia os *fox terriers*[5], pelo menos vinte deles,

---

4. Os *pugs* são pequenos cães de origem asiática, robustos e compactos, com pelo curto, rabo enroscado e focinho largo e enrugado, algumas vezes chamados de buldogues-anões.

5. Os *fox terriers*, bem conhecidos no Brasil, foram desenvolvidos na Inglaterra a partir de 1823 para o propósito específico de escavar as tocas e desenterrar as raposas escondidas, daí o nome de "escavadores de raposas". São pequenos cães muito agitados e barulhentos, de cores variadas e cujo pelo pode ser macio ou duro. (N.T.)

que ladravam terríveis ameaças para Toots e Ysabel, enquanto estes os contemplavam tranquilamente através das janelas, protegidos por uma legião de criadas, cujas armas eram vassouras e esfregões.

Mas Buck não era nem um cãozinho doméstico nem um cachorro de canil. O reino inteiro era dele. Ele mergulhava no tanque de cimento que servia de piscina e saía a caçar com os filhos do juiz. Ele escoltava Mollie e Alice, as filhas do magistrado, em longos passeios ao crepúsculo ou em caminhadas logo depois do alvorecer. Nas noites de inverno, ele deitava-se aos pés do juiz diante do fogo crepitante da lareira da biblioteca. Ele carregava os netos do juiz às costas ou rolava com eles pelo gramado; e guardava suas passadas através de aventuras violentas perto da fonte do estábulo e mesmo em lugares mais distantes, onde ficavam os potreiros e os canteiros de groselhas e framboesas. Atravessava as matilhas dos *terriers* imperiosamente e ignorava Toots e Ysabel, porque era ele quem mandava – era rei de todas as criaturas que caminhavam, rastejavam e voavam pela propriedade do juiz Miller, inclusive dos seres humanos.

Seu pai, Elmo, um imenso São Bernardo[6], fora o companheiro inseparável do juiz, e Buck tinha uma boa probabilidade de seguir os passos de seu progenitor. Não era tão grande – pesava somente sessenta e três quilos – porque sua mãe, Shep, tinha sido uma cadela ovelheira escocesa. Não obstante, sessenta e três quilos, aos quais

---

6. Cães desenvolvidos a partir de 1839 no Mosteiro e Hospital de San Bernardo, nos Alpes Suíços. Uma das maiores raças de caninos, são cães altos e poderosos que facilmente ultrapassam os cem quilos, têm pelo espesso, em geral preto e branco, e sua principal função era auxiliar na busca de viajantes e alpinistas perdidos; os cães pastores escoceses foram criados nas Ilhas Shetland, ao norte da Escócia, e se caracterizam por duas camadas de pelo: uma interna, curta e densa, e a externa, com pelos longos. Passaram a ser chamados especificamente de "pastores shetland" a partir de 1909. (N.T.)

acrescentava a dignidade que deriva da boa alimentação e do respeito universal, lhe permitiam comportar-se como um verdadeiro personagem de sangue real. Durante os quatro anos que haviam transcorrido desde que era apenas um filhote, tinha gozado a vida como um aristocrata condescendente; sentia imenso orgulho de si mesmo e era até mesmo um tantinho egoísta e mandão, como os cavalheiros do campo às vezes se tornam devido à sua condição isolada, em que sua autoridade nunca é contestada. Mas ele não permitira que o transformassem em um simples cão doméstico estragado pelos mimos. As caçadas e outras delícias ao ar livre impediram que engordasse e endureceram seus músculos; e para ele, como para todas as raças desenvolvidas nos países frios, o amor à água tornara-se um tônico e um preservador da saúde e da vitalidade.

Era esta a personalidade canina que Buck apresentava no outono de 1897, quando a descoberta de ouro no Klondike arrastou homens de todo o mundo para o Norte gelado. Mas Buck não lia os jornais, e ele não sabia que Manuel, um dos ajudantes do jardineiro, era uma péssima companhia. Manuel tinha um vício persistente: adorava apostar na loteria chinesa. Além disso, em seu jogo, ele tinha uma fraqueza recorrente: fé em um sistema. O que tornava a sua derrota garantida. Isto porque, para jogar segundo um sistema, é necessário ter muito dinheiro; e o salário de um auxiliar de jardineiro não vai muito além das necessidades de uma esposa e de uma prole numerosa.

O juiz encontrava-se em uma reunião da Associação dos Produtores de Uvas e os rapazes estavam ocupados organizando um clube atlético, na noite memorável em que ocorreu a traição de Manuel. Ninguém viu quando ele e Buck atravessaram o pomar para o que o animal presumia ser apenas mais um passeio. E, à exceção de um único homem, ninguém os viu chegar na pequena estação ferroviária onde os trens só paravam quando havia carga ou passageiros, e que era conhecida como College Park. Este homem conversou com Manuel e algumas moedas tilintaram entre eles.

– Bem que você podia ter enrolado a mercadoria antes de entregar – disse o estranho em um tom de voz bastante mal-humorado; e Manuel deu duas voltas com uma corda forte ao redor do pescoço de Buck, por baixo da coleira.

– Se você der um bom puxão, ele fica sufocado – disse Manuel, e o estranho resmungou qualquer coisa em concordância.

Buck tinha aceito a colocação da corda com tranquila dignidade. Na verdade, era uma coisa que não lhe agradava, mas ele tinha aprendido a confiar nos homens que conhecia e a dar-lhes crédito por uma sabedoria que ultrapassava a sua. Mas no momento em que as pontas da corda foram colocadas nas mãos do estranho, ele rosnou ameaçadoramente. Ele apenas comunicava seu desagrado, acreditando, em seu orgulho, que sugerir era comandar. Mas, para sua surpresa, a corda apertou-se mais ao redor de seu pescoço, cortando-lhe a respiração. Ele saltou sobre o homem em um acesso imediato de cólera, mas este encontrou-o na metade do caminho, agarrou-o firmemente pela garganta e com um movimento habilidoso de quem já fizera o mesmo muitas vezes, jogou-o de costas no chão. Então a corda apertou sem a menor misericórdia, enquanto Buck lutava com fúria, a língua pendendo para fora da boca e o grande peito arfando inutilmente. Jamais em sua vida tinha sido tratado de uma forma tão vil e nunca em sua existência tinha ficado tão furioso. Mas suas forças diminuíram, seus olhos foram ficando vidrados e, quando o trem parou e os dois homens o jogaram dentro do vagão de bagagens, ele já havia perdido a consciência.

A próxima coisa que percebeu foi uma sensação vaga de que sua língua estava dolorida e que estava sendo transportado aos solavancos por algum tipo de veículo. O uivo rouco de uma locomotiva anunciando uma encruzilhada fê-lo reconhecer onde se achava. Ele já havia viajado muitas vezes com o juiz Miller e conhecia a sensação de ser transportado em um vagão de bagagens. Abriu os olhos e neles surgiu a cólera incontida de um rei raptado. O homem saltou para agarrá-lo pela garganta, mas desta vez Buck foi mais rápido. Suas mandíbulas fecharam-se na mão dele, e só relaxaram quando foi sufocado outra vez até perder os sentidos.

– Pois é, ele tem uns ataque – disse o homem, escondendo a mão ferida do guarda-bagagens, que tinha sido atraído pelos ruídos da luta. – O patrão mandou que eu levasse ele até Frisco.[7] Tem lá um doutor de cachorros desses especialista que acha que pode curar os ataque dele.

Com referência à viagem dessa noite, o próprio homem a descreveu muito eloquentemente em um pequeno barraco que ficava nos fundos de um botequim de marinheiros junto às docas de São Francisco:

– Só vou receber cinquenta por ele – resmungou – e eu não fazia isso de novo nem que me dessem mil em dinheiro vivo.

Sua mão estava enrolada em um lenço ensanguentado e a perna direita de suas calças fora rasgada do joelho até o tornozelo.

– Quanto foi que levou o teu cupincha? – quis saber o dono do botequim.

---

7. Abreviatura popular para San Francisco, utilizada pelos americanos que não moram na cidade. Os habitantes referem-se a ela como "San Fran". (N.T.)

– Cem – foi a resposta. – O desgraçado não aceitou um tostão a menos, juro por Deus!

– O que dá um total de cento e cinquenta – calculou o botequineiro. – E olha que vale. Se não valer, eu sou mico de circo.

O raptor desamarrou a bandagem ensanguentada e examinou as marcas de dentes em sua mão dilacerada.

– Tomara que eu não pegue a "tar" de hidrofobia...

– Que pegar que nada! – riu o botequineiro. – Você vai morrer é enforcado! Agora vem me dar uma mão antes de carregar o seu frete... – acrescentou.

Atordoado, sofrendo dores intoleráveis na garganta e na língua, quase morto pela asfixia, Buck tentou enfrentar seus torturadores. Mas foi jogado de costas ao chão e sufocado repetidas vezes até que eles conseguiram limar e arrancar a pesada coleira de latão que trazia ao pescoço. Só então a corda foi removida e ele foi lançado dentro de um caixote semelhante a uma jaula.

E ali ele permaneceu pelo restante daquela noite cansativa, controlando sua raiva e consolando seu orgulho ferido. Não conseguia entender o significado de tudo aquilo. O que esses homens estranhos pretendiam fazer com ele? Por que o mantinham naquele caixote estreito? Ele não podia saber por que, mas sentia-se oprimido pelo vago sentimento de uma calamidade iminente. Diversas vezes durante a noite, pôs-se de pé de um salto, quando a porta do barraco se abriu com as tábuas frouxas chocalhando umas contra as outras, esperando ver o juiz ou pelo menos os rapazes. Porém todas as vezes era a cara bochechuda do botequineiro que olhava para ele através das frestas do caixote, à luz fraca de uma vela de sebo. E cada uma das vezes, o latido alegre que chegava a tremer na garganta de Buck transformava-se em um rosnado selvagem.

Mas o dono do botequim acabou por deixá-lo em paz e pela manhã chegaram quatro homens que apanharam o caixote. Mais atormentadores, concluiu Buck, porque eram criaturas de aparência maligna, esfarrapados e sujos; e ele os atacou com fúria, tentando passar por entre os caibros da caixa. Mas eles apenas riram e o espetaram com varas de madeira, que ele prontamente atacou com os dentes, até perceber que era justamente isso que eles queriam. Depois disso, ele deitou-se mal-humorado e permitiu que a gaiola fosse colocada dentro de uma carroça. E, a partir desse momento, tanto ele como a jaula improvisada em que estava aprisionado passaram por muitas mãos. Os funcionários do escritório de encomendas expressas se encarregaram dele; foi transportado dentro de outra carreta; depois levado mais além num vagão de cargas, junto com um sortimento de caixas e pacotes, até uma balsa a vapor; saindo desta, foi levado por outra carroça até um grande depósito da estação da estrada de ferro, e finalmente depositado em um vagão expresso.

Durante dois dias e duas noites esse vagão foi arrastado por locomotivas que apitavam constantemente; e por dois dias e duas noites, Buck não comeu nem bebeu. Em sua cólera, ele enfrentou as primeiras tentativas de camaradagem dos mensageiros do expresso com rosnados ferozes e eles retaliaram divertindo-se com ele. Quando ele se jogava contra as barras da gaiola, tremendo e babando, eles riam e zombavam dele. Os homens imitavam os rosnados e latidos das espécies de cães mais detestáveis; ou então miavam ou batiam os braços como asas e cacarejavam. Ele sabia muito bem que tudo aquilo eram somente brincadeiras bobas, mas sentia-se ainda mais ultrajado em sua dignidade e sua raiva crescia cada vez mais. Não se importava muito com a fome, mas a falta de água lhe causava um imenso sofrimento e reaquecia a sua fúria, como se estivesse com febre alta. E de fato, porque era um animal excitável e altamente sensível, os maus tratos o haviam deixado com febre, que foi alimentada pela inflamação da língua e de sua garganta.

Ao menos uma coisa o alegrava: a corda fora retirada de seu pescoço. Ela havia dado a eles uma vantagem injusta; mas agora que tinha sido retirada, ele mostraria a todos. Nunca mais conseguiriam enrolar outra corda em seu pescoço. Esta era sua resolução mais firme. Por dois dias e duas noites, ele não comeu nem bebeu e durante estes dois dias e noites de tormento, acumulou uma provisão de ódio que prognosticava resultados muito ruins para o primeiro que se tornasse alvo dele. Seus olhos ficaram avermelhados de sangue e ele foi se metamorfoseando em um demônio feroz. Estava tão mudado que agora nem sequer o juiz o reconheceria; e os mensageiros do expresso respiraram aliviados quando o desembarcaram do trem em Seattle.[8]

Quatro homens carregaram o caixote com dificuldade desde o vagão da estrada de ferro até um pequeno pátio de muros altos. Um homem robusto, usando um suéter vermelho largo demais e que lhe pendia frouxamente do pescoço, apareceu em uma porta e assinou o livro de recibos de encomendas apresentado pelo condutor. Aquele era o homem, adivinhou Buck, seu próximo torturador – e lançou-se selvagemente contra as barras do engradado. O homem sorriu de maneira implacável e foi buscar uma machadinha e um porrete.

– Você não vai tirar o cão do caixote agora, vai? – indagou o condutor.

---

8. Cidade no estado de Washington, no noroeste dos Estados Unidos, destruída por um incêndio em 1889. Fica entre o Canal do Almirantado (9km de extensão), braço do Puget Sound, e o lago Washington, estendendo-se até os contrafortes da cadeia Costeira e dos montes Cascade. (N.T.)

– Claro que vou – replicou o homem, batendo com a machadinha no alto da gaiola e movimentando a ponta para os lados como uma alavanca.

Escutou-se instantaneamente o ruído dos pés dos quatro homens que haviam trazido a carga; depois de se empoleirarem com segurança no alto dos muros, eles se prepararam para assistir ao espetáculo.

Buck saltou em direção à madeira estilhaçada, cravando os dentes nas lascas, puxando e lutando com elas. Qualquer que fosse o ponto em que a machadinha atingisse o lado externo do caixote, lá estava ele, por dentro, rosnando, tão furiosamente ansioso para sair quanto o homem do suéter vermelho demonstrava calmamente sua intenção de soltá-lo.

– É agora, seu demônio de olhos vermelhos – disse ele, depois de fazer uma abertura grande o bastante para a passagem do corpo de Buck. Ao mesmo tempo, largou a machadinha e passou rapidamente o porrete para sua mão direita.

E Buck parecia realmente um demônio de olhos vermelhos ao armar o bote, preparando-se para saltar, todo o pelo eriçado, a boca espumando, um brilho de loucura em seus olhos injetados de sangue. Diretamente contra o homem, ele lançou seus sessenta e três quilos de fúria sobrecarregada pela paixão enjaulada de dois dias e duas noites. E em pleno ar, justamente no momento em que suas mandíbulas estavam a ponto de se fechar sobre o homem, recebeu um choque tão grande que fez parar o seu corpo e os seus dentes bateram uns contra os outros com um estalo agoniado. Ele retorceu-se no ar e caiu de costas no chão, resvalando depois para um lado. Nunca tinha sido espancado antes, muito menos com um porrete, e simplesmente não entendeu o que havia acontecido. Com um rugido que era em parte um latido, porém mais um ganido de dor, pôs-se imediatamente em pé e logo se lançou de novo no ar. E de novo veio o choque e viu-se jogado ao solo por uma força esmagadora. Desta vez ele percebeu que era o efeito do porrete, mas em sua loucura, desconhecia as precauções. Atacou uma dúzia de vezes e doze vezes a clava interrompeu seu avanço e o estatelou no chão.

Depois de um golpe particularmente violento, arrastou-se sobre as patas, tonto demais para avançar ou fugir. Cambaleou ao redor, o sangue fluindo do focinho, da boca e das orelhas, seu lindo pelo borrifado e manchado de baba sanguinolenta. Então o homem avançou em sua direção e deliberadamente lhe deu um golpe terrível em pleno focinho. Toda a dor que tinha sentido até então não era nada em comparação com a intensa agonia desta última pancada. Com um rugido que era quase o de um leão em sua ferocidade, novamente jogou-se contra o homem. Mas este, trocando rapidamente o porrete da mão direita para a esquerda, friamente agarrou-o por baixo da mandíbula, empurrando-o ao mesmo tempo para baixo e para trás. Buck descreveu um círculo completo no ar, e metade de outro, antes de bater no chão com a cabeça e o peito.

Ainda assim, uma última vez se lançou sobre o inimigo. O homem atingiu-o com uma pancada especialmente forte que vinha propositalmente guardando para o fim, e Buck desabou no solo, perdendo completamente os sentidos.

– Esse não é dos que se entrega fácir numa doma, isso é perciso dizer! – gritou entusiasmado um dos homens que estavam empoleirados no muro.

– Pois óia, eu perfiro domar garranos[9] em quarqué dia da semana e duas veiz nos domingo, isso é o que eu digo!

---

9. Pequenos cavalos bastante xucros (semisselvagens), criados pelos índios norte-americanos. (N.T.)

– foi a resposta do condutor, enquanto subia na boleia da carroça e chicoteava os cavalos para dar a partida.

Os sentidos de Buck começaram a despertar, porém não sua força. Ele permaneceu deitado onde estava, contemplando o homem de suéter vermelho através dos olhos semicerrados.

– "Responde pelo nome de Buck" – monologou o homem, lendo a carta do homem do botequim que lhe anunciava a entrega do caixote e de seu conteúdo. – Bem, Buck, meu rapaz – prosseguiu em voz alegre –, nós já tivemos nosso pequeno atrito e a melhor coisa que podemos fazer é deixar a coisa por isso mesmo. Você aprendeu seu lugar e eu conheço muito bem o meu. Seja um bom cão e tudo vai dar certo. Seja um cachorro malévolo e vou te bater até sair o recheio. Entendeu?

E, enquanto falava, acariciou sem o menor receio a cabeça que havia espancado tão cruelmente; embora o pelo de Buck involuntariamente se eriçasse ao toque de sua mão, ele suportou o carinho sem protestar. Quando o homem lhe trouxe água, bebeu sedentamente e mais tarde engoliu uma refeição generosa de carne crua, entregue naco a naco diretamente em sua boca pela mão do homem.

Ele tinha sido derrotado (disso sabia muito bem), mas não estava vencido. Percebeu, de uma vez por todas, que não tinha chance contra um homem que sabia manejar um porrete. Tinha aprendido a lição e não a esqueceria pelo resto de sua vida. Aquele porrete fora uma revelação. Fora a sua apresentação ao reino da lei mais primitiva e ele estava a meio caminho dele. Os fatos da vida assumiram um aspecto mais feroz; e, ao mesmo tempo em que encarava isto sem se acovardar, ele enfrentava com o despertar de toda a esperteza latente de sua natureza canina. À medida que transcorriam os dias, chegavam outros cães, dentro de gaiolas ou amarrados com cordas, alguns deles bastante dóceis, outros brigando e urrando como ele havia feito ao chegar; e Buck observou, um a um, todos eles submeterem-se ao domínio do homem do suéter vermelho. E de novo, e mais uma vez, enquanto observava cada desempenho brutal, a lição era incutida na mente de Buck: um homem com um porrete era um legislador, um mestre a ser obedecido, embora não necessariamente respeitado. E disto Buck jamais foi culpado, embora tivesse visto cães espancados adularem o homem, sacudirem as caudas e lamberem-lhe a mão. E também viu um cão que nem respeitava nem obedecia ser finalmente morto na luta pelo domínio.

De quando em vez chegavam outros homens, todos estranhos, que falavam em vozes excitadas ou suplicantes e de muitas outras maneiras com o homem do suéter vermelho. E nas ocasiões em que havia um acerto e o dinheiro passava entre eles, os estranhos levavam consigo um ou vários cães. Buck só ficava imaginando para onde iam, porque nunca voltavam; mas o medo do futuro pesava fortemente sobre ele e sentia-se feliz a cada vez em que não era escolhido.

Todavia sua hora acabou chegando, na forma de um homenzinho encarquilhado que falava mal o inglês e proferia muitas exclamações estranhas e grosseiras que Buck não conseguia entender.

– *Sacredam!*[10] – exclamou ele, quando seus olhos recaíram sobre Buck. – Essa aí, o cachorro touro forte! Eh! Quanto me custar ela?

– Trezentos, e estou lhe dando de presente – foi a resposta imediata do homem do suéter vermelho. – E

---

10. Em dialeto franco-canadense no original. Corruptela que mistura *sacrée dame* (Santa Nossa Senhora) com *sacré damné* (condenado pelos pecados cometidos). (N.T.)

como nós sabemos que é dinheiro do governo, você não vai escoicear, vai, Perrault?

Perrault abriu um largo sorriso. Considerando-se que o preço dos cães tinha explodido devido à demanda inusitada, não era uma soma demasiada por um animal tão bonito. O governo canadense não ia sair perdendo, nem a correspondência oficial andaria mais devagar. Perrault conhecia cães, e quando ele olhou para Buck, compreendeu que era um exemplar em mil – "de fato, um em dez mil" – comentou mentalmente.

Buck observou enquanto o dinheiro trocava de mãos e não ficou surpreso quando Curly, uma cadela Terra Nova de ótimo gênio,[11] era conduzida junto com ele pelo pequeno homem encarquilhado. Essa foi a última vez em que viu o homem do suéter vermelho, e quando ele e Curly contemplaram, do tombadilho do *Narwhal*, Seattle desaparecendo ao longe, foi também a última vez em que viram as terras cálidas do Sul. Curly e ele foram levados para o porão por Perrault e entregues a um gigante de cara preta chamado François. Perrault era um franco-canadense de pele queimada; mas François era um mestiço franco-canadense duas vezes mais escuro. Para Buck, eram um tipo novo de homens (dos quais ele veria muitos mais no futuro) e, embora não tivesse desenvolvido qualquer tipo de afeição por eles, chegou a respeitá-los honestamente. Rapidamente descobriu que Perrault e François eram homens justos, calmos e imparciais na administração de castigos, ao mesmo tempo em que conheciam bem demais a maneira como os cães se comportavam para serem enganados por artimanhas deles.

---

11. Cão de grande porte e pelo negro, branco e preto ou castanho-avermelhado escuro, originário da ilha canadense de Newfoundland. Tem pelos longos e sedosos, orelhas pendentes e de pontas arredondadas, e patas espalmadas, que lhe permitem andar facilmente na neve. Inteligente, mansa e fiel, a raça é conhecida a partir de 1773. (N.T.)

Nas entrecobertas do *Narwhal,* Buck e Curly encontraram dois outros cães. Um deles era um camarada grande, de pelo branco como a neve, nascido em Spitzbergen, que tinha sido trazido pelo capitão de um navio baleeiro e que mais tarde havia acompanhado a expedição do Departamento de Pesquisas Geológicas até as Terras Desnudas.[12]

Ele dava a impressão de ser amigável, mas de fato era traiçoeiro, sorria o tempo todo, enquanto matutava algum truque sujo como, por exemplo, quando roubou parte da comida de Buck na primeira refeição que fizeram juntos. No momento em que Buck saltou para castigá-lo, uma lambada do chicote de François cantou através do ar, atingindo primeiro o culpado, e Buck teve de contentar-se em apenas recuperar o osso. Mas François tinha sido justo, e o mestiço começou a subir em seu conceito.

O outro cão não fez nenhuma tentativa de contato, tampouco recebeu alguma. Mas também não tentou roubar a comida dos recém-chegados. Era um camarada melancólico e soturno que demonstrou claramente a Curly que só queria ser deixado em paz; mais ainda, que haveria encrenca se tentassem mexer com ele. Era chamado de "Dave", comia, dormia, bocejava nos intervalos e não demonstrava interesse por nada, nem sequer quando o *Narwhal* cruzou o estreito da Rainha Charlotte[13] e balançou,

---

12. Os cães Spitzbergen ou *Spitzes* são robustos e de pelo grosso, com orelhas eretas e nariz arrebitado e uma cauda peluda que costumam estender sobre o dorso. O nome se refere, segundo alguns, ao formato das orelhas e do focinho; porém mais provavelmente à ilha de origem, Spitzbergen, no oceano Ártico, a maior do Arquipélago de Svalbard (quase 65.000km^2), que pertence à Noruega. Os *Barrens*, abreviatura de *Barren Grounds* (Terras Desnudas), são grandes planícies sem árvores do norte do Canadá, localizadas a oeste da baía de Hudson. (N.T.)

13. Estreito entre as ilhas da Rainha Charlotte e a grande ilha de Vancouver. O arquipélago fica a oeste da Colúmbia Britânica canadense, no oceano Pacífico, e tem um pouco mais de 10.000km^2. (N.T.)

sacudiu-se e jogou como se estivesse possuído pelo diabo. Quando Buck e Curly ficaram excitados e meio ariscos de terror, ele simplesmente ergueu a cabeça como se estivesse aborrecido com o barulho, contemplou-os com um olhar desinteressado, bocejou e voltou a dormir.

Dia e noite o barco estremecia com a vibração incessante da hélice e embora um dia fosse muito semelhante ao outro, tornou-se evidente para Buck que estava ficando cada vez mais frio. Finalmente, chegou uma manhã em que a hélice parou e o *Narwhal* foi tomado por uma atmosfera de excitação. Ele sentiu, assim como os outros cães, e percebeu que em breve haveria uma mudança. François colocou-os nas correias e trouxe-os para o convés. Ao dar o primeiro passo sobre a superfície fria, as patas de Buck mergulharam em alguma coisa branca e pastosa como mingau e bastante parecida com lama. Deu um salto para trás, bufando de surpresa. Pelo ar caía mais um pouco dessa coisa branca. Sacudiu-se, porém caíram outros flocos sobre ele. Farejou curiosamente e então estendeu a língua e lambeu. Queimou como fogo, mas logo em seguida havia desaparecido. Ele ficou intrigado. Tentou de novo, com o mesmo resultado. Os homens ao redor soltaram gargalhadas estrondosas e ele ficou envergonhado, sem saber exatamente por que, já que era a primeira vez que via a neve.

II
A lei do porrete e das presas

O primeiro dia de Buck na praia de Dyea[14] foi como um pesadelo. Cada hora era cheia de choques e de surpresas. Tinha sido arrancado subitamente do seio da civilização e lançado no coração das coisas primordiais. Não era nenhuma vida preguiçosa e beijada pelo sol, sem nada mais a fazer do que passear e se entediar. Aqui não havia nem paz, nem descanso, nem sequer um momento de segurança. Tudo era ação e confusão; a cada instante, a sua vida e os membros do seu corpo corriam perigo. Havia uma necessidade imperiosa de permanecer constantemente em alerta; porque estes cães e estes homens eram muito diferentes dos da cidade. Eram selvagens, todos eles, e não conheciam outra lei senão a do porrete e das presas.

Ele nunca tinha visto cães lutarem como lutavam estas criaturas lupinas, e sua primeira experiência ensinou-lhe uma lição inesquecível. É verdade que foi uma experiência de espectador, caso contrário ele não teria vivido para aproveitá-la. Curly foi a vítima. Estavam acampando junto ao armazém construído de toras de madeira, quando ela, com seu jeito amigável, procurou aproximar-se de um cão *husky* do tamanho de um lobo adulto[15], embora não

---

14. As cidades de Dyea e Skagway eram postos avançados para o acesso ao Klondike canadense; estão localizadas no território do Alasca, na longa projeção para sudeste, conhecida como Alasca Meridional. (N.T.)

15. Abreviatura para *huskemaw,* palavra algonquina traduzida como "esquimó" e que designa o povo Inuit. Cães mestiços com lobos, criados pelos habitantes do ártico para puxar trenós e outras tarefas, trabalhadores e obedientes, mas ferozes entre si e com estranhos. (N.T.)

chegasse nem à metade do tamanho dela. Não houve aviso, somente um pulo rápido, uma batida súbita de dentes afiados, um salto para trás igualmente veloz e o rosto de Curly ficou aberto do olho até a mandíbula.

Era a maneira como os lobos lutavam: atacavam e pulavam para longe; mas a coisa não ficou nisso. Trinta ou quarenta *huskies* correram para o local e cercaram os combatentes em um círculo atento e silencioso. Buck não compreendeu aquele interesse silencioso, nem a maneira gulosa com que lambiam os lábios estreitos. Curly atirou-se em direção ao antagonista, que atacou de novo e novamente pulou para um lado. Ele enfrentou seu próximo ataque diretamente com o peito, de uma maneira peculiar que a fez perder o pé e cair no solo. Ela nunca recuperou o equilíbrio. Era por esse momento que o círculo dos *huskies* aguardava. Eles lançaram-se sobre ela no mesmo instante, como um só corpo, rosnando e ladrando, e ela ficou soterrada, berrando de agonia, sob a massa de corpos eriçados.

O episódio foi tão rápido e tão inesperado que Buck ficou desconcertado. Ele percebeu Spitz sacudindo a língua escarlate, como se estivesse rindo; e então François, brandindo um machado, saltou entre a massa de cães. Três homens com porretes o ajudaram a espalhá-los. Não levou muito tempo. Dois minutos depois que Curly havia tombado, o último de seus atacantes havia sido expulso a pauladas. Mas ela jazia imóvel e sem vida na neve pisoteada e sangrenta, quase literalmente rasgada em pedaços, enquanto o mestiço moreno se inclinava sobre ela e praguejava horrivelmente. Esta cena frequentemente voltou à memória de Buck, perturbando seu sono. Então era assim que funcionava. Nada de jogo limpo, simplesmente não havia regras. No momento em que você caísse, estava acabado. Bem, ele daria um jeito de nunca ser derrubado. Spitz balançou a língua e riu de novo; a partir deste momento, Buck o odiou com um rancor amargo e imortal.

Antes de se recobrar do abalo causado pela trágica morte de Curly, recebeu um novo choque. François amarrou em torno dele um arranjo de correias e fivelas. Era um arreio, parecido com aqueles que ele tinha visto os estribeiros colocarem nos cavalos em seu antigo lar. E do mesmo jeito que ele tinha visto os cavalos trabalharem, foi posto a trabalhar, puxando François em um trenó até a floresta que cercava o vale e retornando com uma carga de lenha. Embora sua dignidade tivesse sido duramente afetada por ser transformado em um animal de carga, era esperto demais para se rebelar. Ele se forçou à submissão e fez o melhor que pôde, embora tudo lhe parecesse novo e estranho. François era severo e exigia obediência instantânea, que recebia de imediato em virtude de seu chicote; além disso, Dave, que era um puxador de trenó experiente e ocupava o lugar de "tirador", logo à frente do trenó, mordiscava o traseiro de Buck cada vez que este cometia um erro. Spitz era o líder, igualmente experimentado, e uma vez que não podia castigar Buck sempre que quisesse, porque estava à sua frente, rosnava algumas vezes em sinal de aguda reprovação, ou habilmente jogava seu peso sobre uma das correias laterais a fim de fazer com que Buck fosse arrastado para a trilha que deveria seguir. Mas Buck aprendia facilmente e sob a orientação combinada de seus dois companheiros e a chibata de François realizou progressos notáveis. Antes que retornassem para o acampamento, ele sabia o suficiente para parar à voz de – "Eia!" – e para prosseguir cada vez que escutava– "Avante!"; aprendeu também a dar uma volta ampla para o lado oposto a cada curva da estrada e a evitar ser atingido pela parte dianteira do trenó cada vez que o veículo carregado descia rapidamente uma ladeira. – São três cão bastante bom – disse François a Perrault. – Aquele Buck, ele puxa como o inferno. Eu ensino ele rápido como um rilampo.

Naquela tarde, Perrault, que tinha pressa de tomar a trilha para levar suas mensagens oficiais, retornou com outros dois cães. Disse que seus nomes eram "Billee" e "Joe", que eram irmãos e *huskies* puro-sangue. Embora filhos da mesma mãe, eram tão diferentes como o dia e a noite. O único defeito de Billee era sua cordialidade excessiva, enquanto Joe era justamente o oposto, amargo e introspectivo, com um rosnado permanente e olhar maligno. Buck os recebeu como novos camaradas, Dave os ignorou e Spitz tratou de dar uma sova primeiro em um e depois no outro. Billee sacudiu o rabo apaziguadoramente, tentou fugir quando percebeu que a proposta de paz não tinha servido de nada e latiu (ainda procurando acalmar o outro) quando os dentes agudos de Spitz rasgaram-lhe o flanco. Mas não importa quantos círculos Spitz fizesse, Joe girava nos calcanhares para enfrentá-lo, o pelo eriçado, as orelhas jogadas para trás rentes à cabeça, os lábios se retorcendo entre rosnados, as mandíbulas batendo uma contra a outra tão rapidamente quanto ele dava mordidas no ar, e os olhos brilhando diabolicamente – a própria encarnação do medo combativo. Tão terrível era sua aparência que Spitz foi forçado a desistir de discipliná-lo; porém, para encobrir seu vexame, ele se lançou novamente sobre o inofensivo Billee e expulsou-o aos gemidos para os confins do acampamento.

Ao entardecer, Perrault conseguiu outro cão, um *husky* velho, comprido, magro, esquelético, o focinho marcado pelas cicatrizes de muitas batalhas e um único olho que lançou um aviso exigindo o respeito dos novos companheiros. Este era chamado de Sol-leks, que na língua dos esquimós significava "Zangado". Como Dave, ele não pediu nem deu nada, tampouco esperava receber coisa alguma, e quando marchou lenta e deliberadamente no meio deles, mesmo Spitz o deixou em paz. Ele apresentava uma peculiaridade que Buck teve a pouca sorte de descobrir. Ele não gostava que se aproximassem dele por seu lado cego. Buck tornou-se involuntariamente culpado desta ofensa e o primeiro conhecimento que teve de sua indiscrição foi quando Sol-leks virou-se subitamente contra ele e deu-lhe uma mordida que cortou o ombro até o osso em um talho de quase oito centímetros de comprimento. A partir daí, Buck evitou permanentemente seu lado cego e nunca mais teve qualquer problema com ele enquanto foram camaradas. Sua única ambição aparente, como a de Dave, era a de ser deixado em paz, embora, como Buck descobriria mais tarde, cada um deles possuísse uma outra ambição ainda mais vital.

Nessa noite, Buck enfrentou o grave problema de dormir. A tenda, iluminada por uma vela, brilhava calidamente no meio da planície branca; e quando ele entrou nela com a maior naturalidade, tanto Perrault como François o bombardearam com pragas e utensílios de cozinha, até que ele se recuperou de sua consternação e fugiu ignominiosamente para o frio exterior. Soprava um vento gélido que penetrava vergonhosamente em seu couro e mordia seu ombro ferido como a picada de um animal venenoso. Deitou-se na neve e tentou dormir, mas a geada se acumulava sobre ele e logo o fez erguer-se novamente entre tremores de frio. Sentindo-se infeliz e desconsolado, ele vagueou sem rumo por entre as numerosas tendas, somente para descobrir que cada lugar era mais frio que o outro. Aqui e ali cães selvagens avançavam violentamente em sua direção, mas ele eriçava os pelos do pescoço e rosnava (porque estava aprendendo depressa) e os outros deixavam que prosseguisse em seu caminho sem ser molestado.

Finalmente, surgiu-lhe uma ideia. Ele decidiu retornar e ver como seus próprios companheiros estavam se saindo. Para seu completo espanto, todos haviam desaparecido. Novamente perambulou pelo grande acampamento à procura deles e retornou sem qualquer resultado. Será que eles estavam dentro da tenda? Não, não poderiam estar, porque se não ele não teria sido expulso dela. Mas então onde poderiam ter-se metido? Com o rabo se arrastando pelo chão e o corpo trêmulo, sentindo-se totalmente abandonado, ele circulou a tenda sem rumo certo. Subitamente, a neve cedeu sob suas patas dianteiras e ele afundou. Alguma coisa se remexeu por baixo de seus pés. Saltou de volta, eriçado e rosnando, temendo o invisível e o desconhecido. Mas um pequeno ganido amigo tranquilizou-o e ele retornou para investigar. Uma lufada de ar quente subiu-lhe até as narinas e lá, enroscado sob a neve em um novelo quente e confortável, estava Billee. Ele gemeu de forma suplicante, retorceu-se de costas e mostrou a barriga a fim de demonstrar suas boas intenções e até mesmo aventurou-se, como um suborno em troca da paz, a lamber o focinho de Buck com sua língua quente e úmida.

Outra lição. Então era assim que eles faziam, era? Confiantemente, Buck escolheu um lugar que lhe pareceu conveniente e com muito desperdício de tempo e de esforço devido à falta de prática, conseguiu cavar um buraco para si próprio. Em um piscar de olhos, o calor de seu corpo encheu o espaço exíguo e ele adormeceu. Tinha sido um dia longo e árduo e dormiu sonora e confortavelmente, embora rosnasse, latisse e lutasse a noite toda contra os maus sonhos. Mesmo assim, somente abriu os olhos quando foi acordado pelos ruídos do despertar do acampamento. A princípio, não soube onde se encontrava. Nevara durante a noite e achava-se agora completamente soterrado. As paredes de neve o apertavam de todos os lados e um grande medo percorreu seu corpo – o temor do animal selvagem pela armadilha. Isto era um sinal de que ele estava retornando através de sua vida até as vidas de seus ancestrais, porque ele era um cão civilizado, um cão até mesmo domesticado em demasia, e suas experiências particulares não incluíam nenhuma armadilha, portanto não poderia temê-las por não saber o que eram. Os músculos de seu corpo inteiro se contraíram espasmodicamente e, como por instinto, os pelos de seu pescoço e dos ombros puseram-se em pé e com um ronco feroz ele saltou diretamente para a luz deslumbrante do dia, a neve espalhando-se ao seu redor como uma nuvem fulgurante. Antes de cair em pé, viu o acampamento branco em volta e lembrou onde estava, e tudo que havia ocorrido desde a infeliz ocasião em que saíra para um passeio com Manuel até o momento em que escavara um buraco para passar a noite.

Um grito de François saudou sua aparição:

– Que foi que eu disse? – gritou o condutor de cães para Perrault. – Esse tar de Buck seguro que aprende mais ligero que os otro.

Perrault assentiu gravemente. Uma vez que ele era um correio do governo canadense, conduzindo importantes despachos oficiais, estava ansioso para adquirir os melhores cães e sentia-se particularmente satisfeito pela aquisição de Buck.

Durante a próxima hora, três outros *huskies* foram acrescentados à matilha, completando um total de nove, e antes que tivesse passado outro quarto de hora, estavam arreados e serpenteando pela trilha que levava ao desfiladeiro de Dyea. Buck estava feliz por deixar aquele lugar e, embora o trabalho fosse pesado, percebeu que não lhe era particularmente desagradável. Ficou surpreso com o entusiasmo que animava a equipe inteira e que logo lhe foi transmitido. Mas ainda mais surpreendente era a mudança ocorrida em Dave e Sol-leks. Eram outros cães, completamente transformados pelos arreios. Toda a passividade e despreocupação tinham desaparecido deles. Pareciam alertas e cheios de energia, ansiosos para que a tarefa se realizasse a contento e ferozmente irritados por qualquer coisa, fosse atraso ou confusão, que retardasse seu trabalho. O puxar das correias parecia ser a suprema expressão de sua existência, tudo para que viviam e a única coisa que lhes dava prazer.

Dave era o tirador ou cão do trenó, aquele que ficava mais próximo do veículo às suas costas; bem à sua frente marchava Buck, e diante dele Sol-leks. O restante da matilha estava atrelado à frente deles, em uma única fileira, chefiados pelo líder, posição que era ocupada por Spitz.

Buck tinha sido colocado propositadamente entre Dave e Sol-leks, para que pudesse ser instruído por estes. Estudante atento como era, os dois eram igualmente professores muito competentes, e não lhe permitiam permanecer por muito tempo em erro, reforçando seus ensinamentos com dentes afiados. Dave era justo e muito sábio. Nunca dava uma mordida em Buck sem motivo, mas nunca deixava de fazê-lo quando ele merecia. Uma vez que a chibata de François dava apoio ao mestre, Buck descobriu ser mais fácil corrigir-se do que tentar retaliar. Certa ocasião, durante uma breve parada, quando ele se enroscou nas correias e atrapalhou a saída, tanto Dave como Sol-leks saltaram sobre ele e lhe administraram uma severa punição. A confusão que se seguiu foi ainda pior, mas Buck teve o máximo cuidado para não se enredar nos tentos outra vez; e antes que o dia findasse tinha aprendido tão bem o seu trabalho que os companheiros pararam completamente de aborrecê-lo. O chicote de François estalou com menor frequência e Perrault até mesmo fez um cumprimento a Buck ao erguer-lhe as patas e examiná-las com todo o cuidado.

A corrida desse dia foi longa e difícil, subindo o desfiladeiro, através do Acampamento das Ovelhas, cruzando um local chamado Balança e penetrando na floresta, através de geleiras e lugares onde se acumulara a neve de avalanches, com dezenas de metros de profundidade, galgando e percorrendo as colinas de Chilkoot,[16] as austeras sentinelas do triste Norte solitário, que eram o divisor de águas, separando a água salgada próxima ao oceano dos rios de água doce. Percorreram rapidamente a descida que acompanhava a cadeia de lagos que enche as crateras de vulcões extintos e, já noite cerrada, suspenderam a marcha no imenso acampamento junto ao lago Bennett, em que milhares de caçadores de ouro estavam construindo barcos para usar quando o gelo se derretesse na primavera. Buck imediatamente cavou seu buraco na neve e dormiu o sono dos justos e dos exaustos, porém muito cedo foi arrancado para a escuridão gelada e atrelado novamente ao trenó junto com seus companheiros.

Naquele dia, eles percorreram sessenta e cinco quilômetros, porque a trilha era de neve sólida: porém no dia seguinte, e nos muitos que se seguiram, tiveram de abrir sua própria trilha, trabalhando muito mais e ganhando muito menos terreno. Via de regra, Perrault viajava à frente da matilha, apertando a neve com suas botas amarradas a raquetes confeccionadas para caminhar sobre o gelo, a fim de tornar a tarefa mais fácil para os cães. François,

---

16. Cadeia de montanhas que chega a 1.067 metros de altitude entre o sudeste do Alasca e o sudoeste do território de Yukon, no Canadá. Também chamadas de montes Chilkat, percorrem o noroeste da Colúmbia Britânica e é aqui que nasce o rio Yukon, que dá nome ao território. (N.T.)

que guiava o trenó em pé junto ao eixo do leme, algumas vezes trocava de lugar com ele, mas não com frequência. Perrault estava com muita pressa e tinha orgulho de seu conhecimento sobre o gelo, uma habilidade indispensável, porque o gelo de outono era muito fino e nos locais em que havia água corrente não havia gelo algum.

Dia após dia, durante horas infindáveis, Buck puxava as correias. Sempre desmontavam o acampamento enquanto ainda estava escuro e os primeiros lampejos acinzentados da aurora já os encontravam na estrada depois de terem deixado vários quilômetros para trás. E sempre montavam acampamento após o escurecer, comendo sua escassa porção de peixe seco e arrastando-se para dormir em uma cova escavada na neve. Buck estava faminto o tempo todo. Sua ração diária era de cerca de setecentas gramas de salmão seco ao sol e parecia desaparecer completamente em seu estômago, sem deixar o menor vestígio. Ele nunca se satisfazia completamente e suas entranhas se contraíam perpetuamente com as dores da fome. Todavia, os outros cães, que pesavam menos e tinham se acostumado a essa vida desde o nascimento, recebiam menos de meio quilo de peixe por dia e pareciam manter-se em boas condições.

Rapidamente, ele perdeu o fastio que havia caracterizado sua vida anterior. Caprichoso e lento ao comer, descobriu que seus companheiros, terminando primeiro, roubavam pedaços de sua ração inacabada. Não havia como defendê-la. Enquanto ele lutava contra dois ou três, ela desaparecia na garganta dos demais. O único remédio que encontrou foi comer tão depressa quanto eles; e tão grande era a fome que o dominava, que em breve estava também tentando engolir o que não lhe pertencia. Ele observava e aprendia. Quando viu Pike, um dos cães que haviam chegado por último, que além de vagabundo era um ladrão experiente, roubar uma fatia de toucinho enquanto Perrault lhe dava as costas, duplicou o desempenho no dia seguinte, arrebatando a manta inteira. Os homens armaram uma enorme confusão por causa disso, mas ninguém suspeitou dele, ao passo que Dub, um cachorro desajeitado e meio bobo, que era sempre apanhado quando tentava alguma artimanha, foi castigado pela feia ação de Buck.

Este primeiro roubo estabeleceu a capacidade de Buck de sobreviver no hostil ambiente setentrional. Registrou sua adaptabilidade, sua capacidade de ajustar-se a condições em perpétua mutação, a falta da qual significaria uma morte rápida e terrível. Marcou, além disso, a decadência ou esfacelamento de sua natureza moral, uma coisa inútil e até mesmo prejudicial na feroz luta pela existência. O respeito pela propriedade particular e pelos sentimentos pessoais ficava muito bem nas regiões quentes do sul, sob a lei do amor e da camaradagem, mas nas terras do norte, sob a lei do porrete e das presas, quem quer que tomasse essas coisas em consideração era um tolo, e se observasse um comportamento ético, não conseguiria sobreviver.

Isto não significa que Buck tivesse raciocinado e chegado a estas conclusões. Ele estava preparado para sobreviver, isto era tudo, e inconscientemente acomodou-se ao novo modo de vida. Em toda a sua vida pregressa, não importa quais fossem as probabilidades contra ele, jamais tinha fugido a um combate. Porém o porrete do homem do suéter vermelho tinha-lhe ensinado, à força de pancadas, um código mais fundamental e primitivo. Enquanto era civilizado, ele poderia ter morrido por uma consideração moral, digamos, defendendo a chibata de montaria do juiz Miller; mas a sua total "descivilização" era agora evidenciada por sua habilidade em evitar considerações morais a fim de proteger o próprio couro. Ele não passou a roubar por prazer, mas para atender ao clamor de seu estômago. Ele não furtava abertamente, mas subtraía secreta e ardilosamente, por respeitar a nova lei do porrete e das presas. Em resumo, as coisas que fazia eram feitas porque era mais fácil e mais proveitoso agir assim que de outra maneira.

Seu desenvolvimento (ou regressão) foi rápido. Seus músculos se tornaram duros como ferro e tornou-se insensível a qualquer dor ordinária. Lentamente adaptou-se a uma economia tão interna como externa. Podia comer qualquer coisa, não importa quanto fosse nojenta ou indigesta; e, uma vez devorada, os sucos de seu estômago extraíam até as últimas partículas de nutrientes; e seu sangue as carregava até os lugares mais distantes de seu corpo, reconstruindo-os de modo a se tornarem os tecidos mais fortes e mais resistentes. Sua visão e seu faro se tornaram notavelmente agudos e sua audição desenvolveu tal sensibilidade que, mesmo dormindo, escutava o som mais fraco e sabia distinguir se anunciava tranquilidade ou perigo. Aprendeu a arrancar os pedaços de gelo com os dentes, quando se acumulavam entre os dedos; e quando tinha sede e descobria uma camada grossa de gelo sobre uma poça d'água, ele a quebrava empinando o corpo e caindo sobre ela com as patas dianteiras rígidas. Sua característica mais conspícua era uma habilidade para farejar o vento e prever como seria o clima no dia seguinte. Não importa a que ponto o ar estivesse irrespirável de frio na hora em que ele escavava seu ninho junto a uma árvore ou barranco, o vento que soprava mais tarde inevitavelmente o encontrava a sotavento,[17] abrigado e confortável.

---

17. Boa parte da trilha de inverno corria por sobre o leito de rios congelados, particularmente o Yukon, onde a neve era menos funda e mais compactada e o perigo de fendas, avalanches, troncos soterrados e outros obstáculos era bem menor. Por isso era perigoso viajar na primavera, quando o gelo estava sendo corroído pela água mais quente que vinha por baixo. (N.T.)

E não somente ele aprendeu através da experiência, como instintos mortos há séculos retornaram à vida. As gerações de animais domesticados foram sendo descartadas. De uma forma vaga, ele recordava as experiências ocorridas aos primeiros de sua raça, retornava ao tempo em que os cães selvagens corriam em alcateias através das florestas primitivas e matavam seu próprio alimento depois de persegui-lo até a exaustão. Não foi absolutamente difícil para ele aprender a lutar com a tática dos lobos, de cortar, retalhar, morder rapidamente e então saltar para fora do alcance do adversário. Era a maneira como combatiam seus antepassados esquecidos. Eles fizeram ressurgir a vida antiga dentro dele, e as velhas artimanhas que haviam gravado na hereditariedade de sua linhagem tornaram-se as suas próprias artimanhas. Retornaram a ele sem esforço nem sensação de descoberta, como se as tivesse praticado durante toda a vida. E quando, nas noites frias e calmas, ele apontava o focinho para uma estrela e uivava longamente como um lobo, eram seus ancestrais, mortos e transformados em poeira, que apontavam os focinhos para as estrelas e uivavam através dos séculos por meio de sua garganta. E suas cadências eram as cadências que eles tinham criado, as cadências que manifestavam sua tristeza e melancolia e traduziam o significado que davam à tranquilidade da noite, ao frio e à escuridão.

E assim, como um sinal de que as ações da vida são apenas o espernear de fantoches, as antigas melodias surgiram dentro dele e ele tomou posse de sua herança; e recuperou tudo quanto seus antepassados lhe haviam legado porque os homens haviam descoberto um metal amarelo no extremo Norte, e porque Manuel era um auxiliar de jardineiro cujo salário não ia além das necessidades de sua esposa e de várias pequenas cópias de si mesmo.

III
A fera primitiva dominadora

A fera primitiva dominadora habitava robusta dentro de Buck e, sob as ferozes condições da vida nas trilhas, foi crescendo cada vez mais. Todavia, foi um crescimento secreto. Sua astúcia recém-adquirida lhe conferiu o controle de si mesmo e mesmo uma certa elegância em suas ações. Estava atarefado demais em ajustar-se às condições da nova vida para sentir-se à vontade, e não somente não procurava brigas como fugia delas sempre que possível. Uma certa deliberação caracterizava suas atitudes. Não se inclinava para ações rápidas e precipitadas; e, no rancor amargo que crescia entre ele e Spitz, não traía sua impaciência e evitava qualquer ato que pudesse ser ofensivo.

Por outro lado, provavelmente porque adivinhava que Buck era um rival perigoso, Spitz nunca perdia uma oportunidade de mostrar-lhe os dentes. Ele até mesmo procurava ocasiões e pretextos para impor-se a Buck, tentando constantemente iniciar a luta que só poderia terminar com a morte de um ou de outro.

Isto já poderia ter ocorrido no início da viagem, se não fosse por um acidente imprevisto. No final desse dia, eles tinham montado acampamento em um lugar soturno e miserável junto às margens de uma pequena extensão de água congelada a que chamavam de lago Le Barge. Uma forte nevasca, ventos que cortavam como uma faca em brasa e a escuridão resultante da tempestade os tinham forçado a andar às apalpadelas em busca de um ponto para acampar. Dificilmente poderiam ter encontrado um lugar pior. Às suas costas erguia-se uma muralha perpendicular de rocha e Perrault e François foram obrigados a fazer uma fogueira e estender seus cobertores diretamente sobre o gelo do lago. Haviam deixado a tenda em Dyea a fim de viajarem com menos peso. Recolheram uns poucos pedaços de madeira flutuante e fizeram uma pequena fogueira, que derreteu o gelo e afundou, obrigando-os a fazer a refeição no escuro.

Bem encostado na rocha protetora, Buck escavou seu ninho. Sentia-se tão quente e confortável dentro dele que mal conseguiu sair quando François distribuiu os pedaços de peixe que primeiro descongelou no fogo. Porém quando Buck terminou sua ração e retornou, descobriu que seu buraco estava ocupado. Um rosnado de advertência informou-o de que o invasor era Spitz. Até este momento, Buck tinha evitado encrencas com seu inimigo, mas esta era a última gota. A besta que habitava dentro dele rugiu. Saltou sobre Spitz com uma fúria que surpreendeu aos dois, particularmente ao outro cão, porque toda a sua experiência anterior com Buck lhe havia feito supor que seu rival fosse um cachorro extremamente tímido, que só conseguia defender-se por causa de seu tamanho e de seu peso.

François também se surpreendeu, quando eles saltaram enroscados do ninho desfeito, e adivinhou a causa do problema.

– Aaaah! – gritou ele, entusiasmando Buck. – Dá nele! Minha nossa! Mostra pra ele, o ladrãozinho sujo!

Spitz estava tão disposto quanto Buck. Uivava de pura raiva e sanha sanguinária, enquanto girava, recuava e avançava à espera de uma chance para saltar. Buck não estava menos ansioso por sangue, nem tomava menos precauções, pois igualmente fazia círculos ao redor do outro, negaceava e saltava para trás, aguardando uma posição vantajosa. Mas foi então que ocorreu o inesperado, um evento que projetou sua luta pela supremacia para o futuro distante, depois de muitas milhas de trilha e de trenó.

Uma imprecação de Perrault, o impacto ressonante de um porrete sobre uma forma esquelética e um ganido agudo de dor anunciaram o início do pandemônio. Subitamente, percebeu-se que o acampamento estava cercado por criaturas peludas e sorrateiras, oitenta ou cem delas, que tinham farejado os estranhos desde alguma aldeia dos índios. Tinham entrado furtivamente enquanto Buck e Spitz lutavam, e quando os dois homens pularam no meio deles com seus porretes grossos, eles mostraram os dentes e resistiram. Estavam enlouquecidos pelo cheiro da comida. Perrault viu um com o focinho enterrado na caixa das provisões. Seu porrete caiu pesadamente sobre as costelas magras, mas a caixa virou e seu conteúdo espalhou-se pelo chão. No instante seguinte, vinte das bestas esfaimadas estavam lutando pelo pão e pelo toucinho. As cacetadas caíam sobre eles sem fazer o menor efeito. Eles ganiam e uivavam de dor enquanto as pancadas lhes choviam em cima, mas seguiam lutando e engolindo loucamente até que a derradeira migalha tivesse sido devorada.

Enquanto isso, os espantados cães de trenó tinham pulado para fora de seus ninhos somente para serem assaltados pelos ferozes invasores. Jamais Buck vira cães como estes. Eram tão magros e famélicos que parecia que seus ossos se projetavam para fora da pele. Eram praticamente esqueletos enrolados frouxamente em peles esfarrapadas que pendiam de seus membros, os olhos cintilantes e a baba escorrendo dos caninos. Mas a loucura da fome os tornava assustadores, irresistíveis. Era impossível combatê-los. Os cães de trenó foram lançados contra o barranco no primeiro assalto. Buck foi atacado por três *huskies* e, em um abrir e fechar de olhos, sua cabeça e espáduas estavam mordidas e dilaceradas. O barulho era de entontecer. Billee chorava, como de costume. Dave e Solleks, jorrando sangue de dezenas de feridas, combatiam bravamente lado a lado. Joe mordia como um demônio. Houve um momento em que seus dentes se fecharam na pata dianteira de um dos *huskies* e ele a mordeu até estalar o osso. Pike, o preguiçoso, saltou sobre o animal ferido, quebrando-lhe o pescoço com uma mordida rápida e um safanão. Buck prendeu um adversário coberto de baba pela garganta e ficou borrifado de sangue quando seus dentes afundaram até a jugular. O gosto quente na boca incitou sua fúria. Lançou-se de imediato sobre outro e ao mesmo tempo sentiu uma dentada afundando-se em sua própria garganta. Era o traiçoeiro Spitz, que aproveitava a ocasião para atacá-lo pelo flanco.

Perrault e François, tendo limpado sua parte do acampamento, correram em auxílio de sua equipe de cães. A onda selvagem de feras famintas recuou como a maré baixa diante deles e Buck sacudiu-se e viu-se de novo livre. Mas foi somente por um instante. Os dois homens foram obrigados a correr de volta para salvar os alimentos e no mesmo momento os *huskies* retornaram para renovar o ataque sobre a matilha do trenó. Billee, a quem o terror emprestara coragem, saltou sobre o círculo selvagem e fugiu através do gelo. Pike e Dub o seguiram de perto, com o resto da matilha pouco mais atrás. Buck estava reunindo forças para um salto que o levaria atrás deles, quando, pelo canto dos olhos, viu Spitz atirar-se para seu lado com a intenção evidente de derrubá-lo no chão. No momento em que perdesse o pé e caísse sob a massa de *huskies*, não teria mais a menor esperança.

Mas ele firmou-se nas patas para enfrentar o impacto da carga de Spitz e depois reuniu-se ao grupo em fuga que atravessava o lago congelado.

Mais tarde, os nove cães da equipe se reuniram e buscaram abrigo na floresta. Embora não tivessem sido perseguidos, estavam em péssimas condições. Não havia um só que não estivesse ferido em quatro ou cinco lugares, alguns deles gravemente. Dub tinha uma ferida feia em uma das patas traseiras. Dolly, uma cadela *husky*, que fora a última a ser trazida para a matilha em Dyea, tinha um ferimento profundo no pescoço; Joe tinha perdido um olho; enquanto Billee, o cão bem-humorado, com uma orelha mastigada da qual só restavam farrapos, chorou e se lastimou durante toda a noite. Ao romper do dia, eles voltaram ao acampamento assustados e vigilantes, para descobrir que os assaltantes tinham desaparecido e os dois homens estavam de péssimo humor. Metade de seus suprimentos alimentares tinha sido consumida. Os *huskies* tinham até mesmo comido os tirantes do trenó e as coberturas de lona. De fato, coisa alguma, não importa quão remotamente comestível, tinha escapado a suas investidas. Tinham comido um par dos mocassins de pele de alce que pertenciam a Perrault, arrancado grandes dentadas dos arreios de couro e até mesmo devorado mais de meio metro da ponta do chicote de François. Ele cessou de contemplar melancolicamente o instrumento para examinar os cães feridos.

– Ah, meus amigo – falou baixinho – e agora, se vocês tudo fica cachorro louco, com todas essas mordida. Quem sabe todos vira cachorro louco, *sacredam*! Que é que você pensa, hein, Perrault?

O correio sacudiu a cabeça em dúvida. Com seiscentos e cinquenta quilômetros de trilha ainda pela frente até

Dawson,[18] a última coisa de que precisava era um surto de raiva entre os cães. Duas horas de trabalho árduo entremeado de pragas recolocaram os arreios em condições de uso e a matilha, com os membros entorpecidos pela dor das feridas, retornou à marcha, lutando e sofrendo pela pior parte da trilha que já haviam enfrentado, que, por sorte, era também o pior trecho do caminho que os separava de Dawson.

O rio das Trinta Milhas[19] estava completamente descongelado. Suas águas caudalosas desafiavam as nevascas e somente nos remansos e perto dos redemoinhos é que se encontravam alguns trechos em que o gelo se havia acumulado e dava passagem. Eram necessários seis dias de trabalho exaustivo para cobrir quarenta e oito quilômetros extenuantes. Era uma vereda realmente pavorosa, pois a cada meio metro surgia um novo risco de vida para os homens e os cães. Uma dúzia de vezes, Perrault, que tateava pelo caminho à frente do trenó, sentiu as pontes de gelo partirem-se-lhe sob as raquetes dos pés, salvando-se somente porque trazia uma longa vara resistente e grossa, que carregava de tal modo que sempre caía atravessada sobre os buracos abertos por seu corpo e lhe servia de apoio para sair. Mas estavam passando por uma onda de frio, com o termômetro registrando dez graus abaixo de zero e, de cada vez que ele afundava, era

---

18. Cidadezinha localizada no centro de Yukon, no Canadá, próxima à fronteira com o Alasca, antigamente Dawson City. Foi fundada em 1898, durante a corrida do ouro, e chegou a ter 35.000 habitantes. Mas, passada a febre do ouro, diminuiu para 800, e hoje em dia tem mais ou menos mil moradores permanentes. As lavras foram descobertas no rio Klondike, afluente da margem direita do Yukon, com 180km de extensão; e hoje se acham esgotadas. (N.T.)

19. O *Thirty Mile River* é um curso de água caudaloso com cerca de 50km de extensão, localizado no centro-oeste do território de Yukon, que desce das montanhas da Costa Setentrional. (N.T.)

forçado a acender um fogo e secar suas roupas, a fim de conservar-se vivo.

Porém nada o intimidava. Era justamente porque nada o desanimava que ele tinha sido escolhido como correio do governo canadense. Ele aceitava todos os riscos possíveis e resolutamente lançava seu pequeno rosto enrugado contra as rajadas de neve e lutava tenazmente da aurora até o anoitecer. Ele contornava as margens perigosas sobre a superfície de gelo, que se enclinava e estalava sob seus pés e que era fina e instável demais para que eles ousassem parar o trenó sobre ela. Houve mesmo uma ocasião em que este afundou, arrastando consigo Dave e Buck, e estes estavam meio congelados e quase afogados quando os homens conseguiram puxá-los para fora. Foi necessário acender a fogueira de costume a fim de salvá-los. Estavam envoltos em uma capa sólida de gelo e os dois homens os obrigaram a correr por muito tempo ao redor do fogo, suando e degelando, tão próximos das chamas que chegaram a ficar chamuscados.

Houve outra ocasião em que foi Spitz que afundou, arrastando pelos tirantes de couro toda a parte da matilha que corria à frente de Buck, mas este resistiu e fincou os pés no solo com quanta força tinha, suas patas dianteiras junto à beirada escorregadia, e o gelo tremulando e se partindo ao seu redor. Mas atrás dele estava Dave, também esforçando-se ao máximo para firmar-se, e por trás do trenó, François, puxando com tanta força que seus tendões estalavam.

E mais uma vez, o gelo fino da beirada quebrou à frente e atrás deles, e não havia meio de escapar, exceto subindo pela barranca. Perrault conseguiu escalá-la miraculosamente, enquanto François rezava por um milagre igual; e depois de improvisarem uma corda longa com cada pedaço de arreio, os cordões das próprias botas e mais as correias que prendiam o equipamento ao trenó, os cães foram içados, um a um, até o topo do rochedo. François foi o último a subir, depois de empurrar para cima o trenó e a carga. Então sobreveio uma longa busca por um lugar adequado para descer; mas a descida só se tornou possível com o auxílio daquela mesma corda e a noite os encontrou de novo junto ao rio, tendo avançado somente quatrocentos metros durante o dia inteiro.

Quando chegaram a Houtalinqua e ao gelo compacto, Buck estava simplesmente exausto. O resto dos cães estava em situação semelhante; mas Perrault, para compensar o tempo perdido, prosseguiu com as marchas forçadas, desde antes do alvorecer até depois de cair a noite. No primeiro dia, eles cobriram cinquenta e seis quilômetros até Big Salmon; no dia seguinte, mais cinquenta e seis até o Little Salmon; e no terceiro dia, sessenta e cinco, o que os deixou bem próximos da montanha dos Cinco Dedos.[20]

As patas de Buck não eram tão compactas e duras como as dos *huskies*. Haviam amolecido durante muitas gerações, desde os dias longínquos em que seu último ancestral selvagem fora domado por um dos homens primitivos denominados trogloditas, que moravam em cavernas; ou por um dos habitantes das margens dos rios. Ao longo dos últimos dias ele coxeava em agonia e, assim que o acampamento era montado, jazia como se estivesse morto. Faminto como se achava, nem sequer se movia para ir buscar sua ração de peixe, e François era obrigado a trazê-la até ele. O encarregado dos cães também lhe massageava as patas durante meia hora, após a refeição de cada noite. Chegou mesmo a sacrificar a parte superior

---

20. Pequenos afluentes do grande rio Yukon (3.290km), que nascem nos montes Chilkat (ou Chilkoot) e são alimentados pela neve. Os *Five Fingers* constituem o primeiro afloramento dos Chilkat. (N.T.)

de suas botas para fazer quatro pequenos mocassins para Buck. Isto lhe foi de grande alívio, e Buck chegou mesmo a fazer o rosto enrugado de Perrault retorcer-se em um sorriso certa manhã em que François esqueceu-se de colocar-lhe os mocassins e Buck deitou-se de costas, sacudindo as quatro patas no ar, como se estivesse fazendo uma súplica, e recusou-se a se mover sem eles. Porém, mais tarde, seus pés endureceram pelo contato constante com a trilha, e os pedaços de couro com as solas gastas e perfuradas foram jogados fora.

Uma manhã, junto à ilha Pelly, enquanto estavam sendo atrelados, Dolly, que nunca havia chamado a atenção de ninguém por qualquer motivo em particular, enlouqueceu subitamente. Anunciou sua condição por meio de um longo e comovente uivo de lobo, cujo som estarrecedor deixou cada um dos cães eriçados de medo, e então pulou na direção de Buck. Este nunca tinha visto um cachorro louco, nem tinha qualquer razão para temer a raiva; todavia, ele compreendeu o horror da situação e fugiu em pânico. Correu em frente, o mais depressa que pôde, com Dolly, resfolegando e babando, apenas um salto atrás. Ela não conseguia se aproximar dele, tão grande era o terror de Buck; mas ele também não conseguia afastar-se de Dolly, tão grande era a loucura dela. Ele mergulhou na mata que cobria o coração da ilha, desceu voando a parte mais baixa, no lado oposto, cruzou um canal secundário coberto de gelo estilhaçado até uma outra ilha, passou para uma terceira, fez uma curva para retornar ao canal principal do rio e, em seu desespero, atirou-se às águas para atravessá-lo. E todo o tempo, embora não parasse para olhar, podia escutar seus rosnados um pulo atrás. François chamou-o de uma distância de quatrocentos metros e ele redobrou a velocidade, mesmo assim ainda um pulo à frente, ofegando dolorosamente e colocando toda a sua fé em François, certo de que este o salvaria. O condutor dos cães o esperava imóvel, com os pés fincados no chão e o cabo do machado seguro firmemente entre as mãos; no momento em que Buck passou por ele a toda velocidade, o machado abateu-se violentamente sobre a cabeça raivosa de Dolly.

Buck cambaleou até encostar-se ao trenó, exausto, inerme, a respiração opressa e ofegante. Esta era a oportunidade que Spitz estava aguardando. Saltou sobre Buck e duas vezes seus dentes se cravaram sobre o inimigo, que nem resistia, cortando e rasgando a carne até os ossos. Então o chicote de François caiu sobre ele e Buck teve a satisfação de assistir enquanto Spitz recebia a pior sova até então administrada a qualquer membro da equipe.

– Esse Spitz é um diabo, eu garanto – observou Perrault. – Qualquer dia desses, ele vai matar esse Buck.

– E esse Buck é dois diabo – contrariou François. – Todo esses tempo eu ando pondo os zóio em riba desse Buck e estou seguro como quê. Escute só: quarqué dia desses ele fica brabo que nem o inferno e então mastiga aquele Spitz véio de cima a baixo e cospe os pedaço dele por essas neve toda. Seguro que vai, eu sei muito bem.

A partir de então, a guerra estava declarada entre eles. Spitz, que era o cão-guia e o líder reconhecido da matilha, sentia sua supremacia ameaçada por este estranho cão sulista. E Buck realmente lhe parecia muito estranho, porque tinha conhecido muitos cães vindos do sul e nenhum deles tinha-se mostrado verdadeiramente à altura do acampamento e da trilha. Todos eram delicados demais, morriam de trabalhar, de frio e de fome. Buck era a exceção. Somente ele suportava tudo e ainda prosperava, igualando-se a um *husky* em força, selvageria e esperteza. Porque ele era um cão dominador e o que o tornava ainda mais perigoso era o fato de que o porrete do homem de suéter vermelho tinha arrancado toda a audácia e precipitação cega que até então faziam parte de seu desejo de domínio. Agora ele era acima de tudo ardiloso e podia esperar por muito tempo até a ocasião adequada, com uma paciência que somente poderia ser classificada como primitiva.

Era inevitável que a luta pela liderança ocorresse mais cedo ou mais tarde. Buck a desejava. Queria lutar pela chefia, porque esta era sua natureza, porque ele tinha sido capturado firmemente por aquele orgulho sem nome e incompreensível que é o orgulho da trilha e dos tirantes – aquele orgulho que prende os cães no trabalho até o último fôlego, que os leva a morrer alegremente em seus arreios e que lhes parte os corações se forem cortados deles. Este era o orgulho que animava Dave como o cão tirador, que incitava Sol-leks enquanto ele puxava com toda a sua força; o orgulho que se assenhoreava de todos eles quando o acampamento era levantado, transformando-os de brutos irritadiços e rabugentos em criaturas ambiciosas, ansiosas e esforçadas; orgulho esse que os esporeava o dia inteiro e somente os abandonava quando o acampamento era montado já noite escura, deixando-os cair ao solo em um descontentamento inquieto e melancólico. Este era o orgulho que incitava Spitz e fazia com que este castigasse os cães de trenó que erravam uma manobra ou deixavam de se esforçar no trabalho, ou ainda que se escondiam na hora de serem atrelados de manhã. E de forma semelhante, era este orgulho que o fazia temer Buck por perceber que este também tinha as qualidades necessárias para um cão líder. E este era o orgulho que também despertara em Buck.

A partir de então, começou a ameaçar abertamente a liderança do outro. Intrometia-se entre ele e os retardatários que deveria punir. E fazia isso com toda a deliberação. Uma noite, houve uma pesada nevasca e quando chegou a manhã, Pike, o preguiçoso, não apareceu. Estava escondido com toda a segurança dentro de seu ninho, sob quase meio metro de neve. François o chamou várias vezes e procurou-o em vão. Spitz estava tomado de fúria. Corria ferozmente ao redor do acampamento, farejando e escavando em qualquer lugar provável, rosnando tão furiosamente, que Pike escutou e tremeu dentro de seu esconderijo.

Mas quando ele foi finalmente desenterrado e Spitz saltou sobre ele para castigá-lo, Buck saltou no meio dos dois com uma fúria igual. Foi um ato tão inesperado e calculado de uma forma tão sagaz, que Spitz foi jogado para trás e caiu de costas no chão. Pike, que antes tremia desprezivelmente, tomou coragem ao ver este motim declarado e lançou-se sobre seu líder prostrado. Buck, para quem as regras de uma luta justa pertenciam a um código esquecido, atirou-se igualmente sobre Spitz. Mas François, soltando uma risadinha divertida perante o incidente, ainda que permanecesse inabalável em sua administração da justiça, largou a chibata sobre as costas de Buck com toda a sua força. Só que isto não bastou para afastar Buck do rival tombado, e foi necessário usar o cabo do açoite. Meio estonteado com o golpe, Buck caiu de costas e o chicote desceu sobre ele uma porção de vezes, enquanto Spitz aplicava uma punição em regra em Pike, como castigo por suas muitas ofensas.

Nos dias que se seguiram, enquanto Dawson ficava cada vez mais próxima, Buck ainda continuava a interpor-se entre Spitz e os culpados; mas agora procedia de forma bem mais arguta, somente se metia quando François não estava por perto. Com o motim disfarçado de Buck, uma insubordinação geral surgiu e cresceu entre os cães. Dave e Sol-leks não foram afetados, mas o restante da matilha ia de mal a pior, tornando-se cada vez mais insubordinados e insolentes. As coisas não funcionavam mais da maneira correta. Havia constante disputa e revolta. Surgiam problemas o tempo todo e na raiz de tudo estava Buck. Ele mantinha François ocupado o tempo todo, porque o condutor dos cães estava em constante apreensão, temendo a luta de vida e morte entre os dois cães, que sabia muito bem iria ocorrer mais cedo ou mais tarde; e em mais de uma noite, os sons de brigas e desavenças entre os outros cães o fizeram sair de baixo de seus cobertores, temeroso de que finalmente Buck e Spitz estivessem travando o combate final.

Todavia, a oportunidade não se apresentou, e numa tarde triste e melancólica eles chegaram a Dawson com a grande batalha adiada mais uma vez. Aqui se reuniam muitos homens, e inúmeros cachorros, e Buck notou que todos trabalhavam o tempo todo. Parecia a ordem natural das coisas que os cães trabalhassem assim. Durante todo o dia eles andavam para cima e para baixo ao longo da rua principal em longas filas e, à noite, ainda se escutava o tilintar dos guizos que traziam ao pescoço. Carregavam toros para a construção de cabanas, transportavam lenha para as fogueiras, levavam mercadorias e provisões até as minas e, de um modo geral, executavam todos os tipos de trabalho realizados pelos cavalos no vale de Santa Clara. Aqui e ali Buck encontrava cães sulistas, mas a maior parte pertencia à raça selvagem dos *huskies* mestiços com lobos. Todas as noites, regularmente, às nove horas, à meia-noite e às três da madrugada, eles erguiam aos céus sua canção noturna, um canto estranho e sobrenatural, ao qual Buck logo sentiu grande prazer em juntar sua voz.

Com a aurora boreal[21] fosforescendo friamente acima de suas cabeças ou as estrelas saltitando na dança da geada e a terra amortecida e gélida sob seu manto funeral de neve, este coro dos *huskies* poderia muito bem ser o desafio da vida; entretanto, era interpretado em um tom menor, com longos gemidos pontilhados por soluços interrompidos, e representava mais a súplica da vida por misericórdia, a expressão articulada dos sofrimentos da existência. Era uma velha canção, tão velha como a própria raça, uma das primeiras canções do mundo mais jovem, em que todas as canções eram tristes. Estava revestida das infelicidades de inumeráveis gerações, era um lamento pungente que despertava em Buck as mais estranhas lembranças. Quando ele se unia ao coro e gemia e soluçava, era com a dor de viver que outrora era a dor de seus antepassados selvagens, e com o mistério e medo do frio e do escuro que eram para eles o desconhecido e o horror do gelo e da escuridão. E o fato de tudo isto despertar agora dentro dele marcava o seu completo retorno através das eras, do fogo e da proteção de um teto até as rudes origens de seus ancestrais, quando se punham juntos a uivar.

Sete dias depois que haviam chegado a Dawson, desceram a barranca íngreme que ficava junto ao posto militar e retomaram a trilha do Yukon,[22] em direção a

---

21. A aurora boreal, também chamada de "Luzes do Norte", é um fenômeno que ocorre nas camadas superiores da atmosfera, em latitudes próximas aos polos. No Polo Sul denomina-se Aurora Austral. É uma luz difusa, com faixas e arcos brilhantes e coloridos. (N.T.)

22. O rio Yukon nasce nos Montes Chilkat ou Chilkoot, na Colúmbia Britânica, e corre para o norte, através do território do mesmo nome e depois para noroeste através do Alasca, indo desaguar no estreito de Behring através de um delta de múltiplos braços, depois de receber inúmeros afluentes e percorrer cerca de 3.290km. A trilha do Yukon, seguida por Buck e seus companheiros, percorre as cabeceiras do Yukon, neste território e na Colúmbia Britânica, e não o seu curso inferior através do estado americano do Alasca. (N.T.)

Dyea e Salt Water. Perrault tinha sido encarregado de despachos que continham mensagens ainda mais urgentes do que aquelas que havia trazido; ademais, o orgulho da trilha também o havia conquistado e ele pretendia fazer a viagem de volta em um tempo que seria lembrado como o melhor do ano. Diversas coisas o favoreciam nesta pretensão. O repouso de uma semana tinha permitido que os cães se recuperassem e agora se achavam em perfeitas condições. A trilha que eles haviam aberto através dos campos gelados estava agora compactada pelos viajantes que os haviam seguido. Melhor ainda, a polícia montada havia estabelecido em dois ou três lugares ao longo do caminho depósitos de alimentos para cães e para humanos, o que lhe permitiria viajar com muito menos peso.

Completaram a *Sixty Miles* [sessenta milhas, o equivalente a cem quilômetros], uma trilha de, na verdade, cinquenta milhas [oitenta quilômetros], ainda no primeiro dia; e no dia seguinte, corriam rio acima pelo curso do Yukon a uma boa distância de Pelly. Mas essa esplêndida corrida só foi realizada porque François enfrentou com sucesso muitas dificuldades e aborrecimentos. A revolta insidiosa liderada por Buck tinha destruído a solidariedade da equipe. Não funcionava mais como um único cão a puxar os tirantes do veículo. O encorajamento que Buck dava aos rebeldes levou-os a cometer todo o tipo de pequenos desvios da conduta desejada pelo líder. Spitz não era mais o chefe incontestе que todos temiam. O antigo temor desaparecera e os subordinados começaram a desafiar-lhe a autoridade. Pike roubou-lhe meio peixe certa noite e engoliu-o sob a proteção de Buck. Em outra noite, Dub e Joe lutaram contra Spitz e resistiram até que ele abandonasse a ideia de aplicar-lhes um castigo merecido. Até mesmo Billee, o cachorro manso, tinha perdido boa parte de sua mansidão e, quando gania, não era mais no tom suplicante dos primeiros dias. Buck nunca chegava perto de Spitz sem rosnar e eriçar-se ameaçadoramente. De fato, sua conduta estava começando a assemelhar-se à de um valentão e costumava exibir sua força e tamanho bem à frente do focinho de Spitz.

Essa quebra de disciplina afetou também as relações entre os cães. Eles brigavam e implicavam uns com os outros muito mais do que antes e, certas vezes, o acampamento parecia um hospício cheio de loucos ululantes. Somente Dave e Sol-leks permaneciam inalterados, embora estivessem bem mais irritadiços devido ao tumulto constante. François soltava imprecações estranhas, batia com os pés na neve com raiva e sentindo-se impotente, e chegava a arrancar os cabelos. Sua chibata cantava o tempo todo entre os cães, mas não surtia grande efeito. Assim que virava as costas, eles recomeçavam as disputas. Ele apoiava Spitz com o chicote, mas Buck dava apoio ao restante da equipe. François sabia que era ele quem estava por trás de todos os seus aborrecimentos e Buck sabia que ele sabia; mas o cão era esperto demais para ser preso em flagrante uma segunda vez. Trabalhava na trela com grande esforço e fidelidade, porque agora a tarefa antes aborrecida se transformara em um motivo de prazer; mas era uma delícia muito maior provocar ardilosamente uma briga entre seus companheiros até que os tirantes do trenó ficassem completamente enredados.

Na embocadura do arroio Tahkeena, uma noite após a ceia, Dub desentocou um coelho da neve, saltou sobre ele e errou o pulo. Em um segundo, a matilha inteira se lançara à perseguição. A cem metros de distância, havia um acampamento da Polícia do Noroeste, uma divisão da Polícia Montada Canadense; e seus cinquenta cães, todos *huskies*, juntaram-se à caçada. O coelho correu rio abaixo, desviou-se para um pequeno riacho cuja superfície congelada estava coberta de neve recente. Correu agilmente por cima dos montes frouxos de neve, em que os cães afundavam as patas e só mantinham o ritmo pela força bruta. Buck liderava a alcateia, sessenta cães atrás dele, dobrando curva após curva, mas não conseguia ganhar terreno. Dedicou-se totalmente à corrida, ganindo ansiosamente, seu corpo esplêndido avançando como um relâmpago, salto após salto sob a palidez branca do luar. Mas incansável em seus pulos, semelhante a um fantasma criado pela geada, o coelho da neve voava à sua frente como um corisco.

Todo aquele despertar de velhos instintos, os mesmos que em certos períodos impelem os homens a sair do barulho da cidade e procurarem as florestas e pradarias pelo prazer de matar animais com bolinhas de chumbo quimicamente propelidas, a sede de sangue, a alegria de matar – tudo isto surgira dentro de Buck, só que nele era uma sensação infinitamente mais íntima. Ele estava avançando à frente da alcateia, perseguindo um animal selvagem, cuja carne era viva e saborosa; e queria matar com seus próprios dentes e molhar o focinho até os olhos no sangue quente.

Há um êxtase que marca o apogeu da vida, um ponto além do qual a vida não pode mais se erguer. E a vida é tão paradoxal, que este êxtase chega quando a sentimos em sua maior plenitude, e ao mesmo tempo ele se torna em um esquecimento total de que estamos vivendo. Este êxtase, este esquecimento da existência, derrama-se com frequência sobre o artista, que é capturado e arrastado para fora de si mesmo em um lençol de chamas; recai sobre o soldado, enlouquecido pela guerra em uma batalha acirrada, que não dá nem pede quartel; e infundiu-se inteiramente em Buck, na liderança da matilha, soltando o velho grito de combate dos lobos, esforçando-se para capturar aquele alimento vivo que fugia velozmente diante dele, refletindo a luz da lua. Seu grito revelava as profundezas de seu caráter, e as partes de sua natureza que eram mais profundas do que ele próprio, aqueles instintos e sentimentos que retornavam ao ventre do Tempo. Estava dominado pelo puro esplendor da vida, a maré do ser, a alegria perfeita de cada músculo, junta e tendão, percebidos simultaneamente em separado e em conjunto, aquele ressurgir interior de tudo que contrariava a morte, que brilhava e se erguia, expressava-se em movimento e voava exultantemente sob as estrelas e sobre a superfície morta da matéria inerte e imóvel.

Mas Spitz, frio e calculista, mesmo nos piores momentos, deixou a matilha e atalhou por cima de uma pequena elevação do terreno ao redor da qual o regato fazia uma curva. Buck não percebeu, e no momento em que rodeava a mesma curva, com o fantasma do nevoeiro ainda saltando elusivo à sua frente, viu outro espírito da geada, maior e mais forte, pular da margem do regato e cair diretamente à frente do coelho. Era Spitz. O coelho não conseguiu dar a volta e quando os dentes brancos quebraram-lhe a espinha em pleno ar, ele soltou um grito agudo, tão alto como o berro instintivo de um homem ferido. Ao escutá-lo, o grito da Vida que tombava do auge da vida nas garras da Morte, a matilha inteira, que seguia Buck, exultou em um coro infernal de prazer.

Mas Buck nem gritou nem exultou. Nem sequer interrompeu sua corrida, mas lançou-se sobre Spitz, ombro contra ombro, com tanta violência que errou-lhe a garganta. Rolaram engalfinhados vezes sem conta sobre o solo, fazendo a neve macia erguer-se em nuvens como poeira. Spitz pôs-se novamente em pé quase como se não tivesse sido derrubado, fazendo um talho com os dentes no ombro de Buck e imediatamente pulando para trás. Duas vezes bateu com os dentes no ar, estalando audivelmente, como os dentes de aço de uma armadilha, ao mesmo tempo que recuava para obter melhor apoio no chão, seus beiços magros arreganhados e retorcidos pelos rosnados.

Para Buck, a revelação veio como um raio. A hora era chegada. Seria um combate até a morte. Enquanto davam círculos, um ao redor do outro, rosnando, roncando no fundo das gargantas, as orelhas voltadas para trás e encostadas contra os crânios, procurando atentamente um ponto de vantagem, a cena brilhou diante dos olhos de Buck como se lhe fosse familiar. Era tal como se recordasse de tudo – os bosques brancos, a terra, o luar e a emoção da batalha. Sobre a brancura e o silêncio derramou-se uma calma espectral. O vento não provocava o menor murmúrio – nada se movia, nem uma folha tremia, as respirações dos cães se condensando visivelmente no ar, erguendo-se lentamente e formando pequenas nuvens na atmosfera gélida. Eles já haviam devorado totalmente o coelho da neve, estes cães que eram lobos mal domados; e agora se reuniam em um círculo expectante. Todos estavam silenciosos, somente os olhos brilhavam e sua respiração erguia-se lentamente para o alto. E para Buck, nada disto era novo ou estranho, era uma cena dos tempos primitivos. Era como se tivesse sido sempre assim, a maneira natural como as coisas deveriam transcorrer.

Spitz era um combatente experimentado. Desde Spitzbergen, através do Ártico, enquanto percorria o Canadá e as Terras Desnudas, tinha derrotado todo tipo de cães e imposto sua dominância sobre eles. Estava tomado de uma cólera terrível, mas não de uma fúria cega. Acometido de uma paixão por rasgar e destruir, nunca esquecia de que seu inimigo também estava possuído por idêntica paixão para rasgá-lo e destruí-lo. Nunca atacava até estar pronto para enfrentar um assalto; nunca avançava antes de primeiro defender-se do assédio do adversário.

Buck tentou em vão cravar os dentes no pescoço do grande cão branco. Sempre que seus caninos avançavam em busca da carne mais macia, eram contidos pelas presas de Spitz. Presa batia contra presa e os beiços de ambos os animais se cortavam e sangravam, mas Buck não conseguia penetrar a guarda do inimigo. Então encheu-se de vigor e envolveu Spitz em um redemoinho de investidas. Vezes sem conta tentou atingir a garganta branca como a neve, onde a vida borbulhava tão perto da superfície, e todas as vezes. Spitz lhe dava mais um corte e se escapava. Então Buck iniciou uma série de investidas, fingindo alvejar a garganta; subitamente trazia a cabeça para trás e para o lado e batia com a espádua como se fosse um aríete contra os ombros de Spitz, procurando derrubá-lo. Mas em vez disso, era o ombro de Buck que recebia um novo talho, enquanto Spitz pulava agilmente para fora de seu alcance.

Spitz estava intocado, enquanto Buck estava coberto de sangue e ofegante. O combate se tornava desesperado. E durante todo o tempo, o círculo silencioso de cães-lobos aguardava a fim de acabar com qualquer dos combatentes que caísse primeiro ao solo. Percebendo que Buck estava ficando sem fôlego, Spitz começou a acuá-lo e o manteve cambaleando para manter o equilíbrio. Chegou mesmo a derrubá-lo uma vez e o círculo inteiro de sessenta cães movimentou-se; mas ele recobrou-se imediatamente, mal tocando o solo, quase dando um salto mortal e a alcateia acalmou-se e retomou a espera.

Porém Buck possuía a qualidade que conduz à grandeza – imaginação. Estava lutando por instinto, mas também podia lutar de acordo com uma estratégia traçada em sua cabeça. Avançou sobre o outro, como se estivesse tentando de novo o velho truque do empurrão com o ombro, mas no último instante desviou-se rente à neve e abocanhou. Seus dentes se fecharam sobre a pata dianteira esquerda de Spitz. Escutou-se o estalar dos ossos e agora o cão branco o enfrentava somente com o apoio de três patas. Três vezes, Buck tentou empurrá-lo para o chão, como fizera antes, mas da quarta, pegou-o novamente desprevenido, repetiu o truque e quebrou-lhe a pata dianteira direita. Apesar da impotência, Spitz lutou enlouquecidamente para manter sua posição. Em seu desespero, ele percebia muito bem o círculo silencioso, os olhos cintilantes, as línguas ondulantes, o bafo prateado das respirações erguendo-se lentamente, pronto a atirar-se sobre ele, do mesmo modo que vira tantas vezes jogar-se sobre os antagonistas que derrotara no passado. Só que desta vez, era ele o derrotado.

Não lhe restava nenhuma esperança. Buck era inexorável. Misericórdia era um sentimento reservado para climas mais amenos. Planejou cuidadosamente a manobra que o levaria ao ataque final. O círculo se havia apertado a um ponto em que podia sentir a respiração quente dos *huskies* soprando sobre seus flancos. E também podia vê-los, além da forma semiprostrada de Spitz e dos dois lados, já com o bote meio armado, seus olhos fixos sobre a luta. Pareceu sobrevir uma pausa. Todos os animais estavam totalmente imóveis, como se feitos de pedra. Somente Spitz tremia e se eriçava, enquanto manquitolava para frente e para trás, rosnando ameaças terríveis, como se pudesse amedrontar a morte que se aproximava. Então Buck pulou em sua direção e imediatamente saltou para o lado, mas, enquanto avançava, seu ombro finalmente fez contato direto com a espádua do outro. O círculo escuro transformou-se em um ponto sobre a neve inundada de luar, enquanto Spitz desaparecia de vista. Buck ficou parado contemplando a cena, o campeão triunfante, a besta primordial e dominante que tinha matado seu rival e visto que isso era bom.

IV
Aquele que conquistou o predomínio

– Eh! Mais então, não foi o quieu disse? Não tava falando a vredade quando disse que esse Buck era dois diabo?

Esse foi o discurso de François na manhã seguinte, quando deu pela falta de Spitz e viu que Buck estava coberto de feridas. Ele o trouxe até a fogueira e examinou-as uma a uma na luz.

– Pois é! Mas aquele Spitz brigou como o inferno – disse Perrault, também examinando as feridas abertas e as costelas à mostra.

– E esse Buck brigou como dois inferno – foi a resposta de François. – Daqui pra frente, nóis viajemo depressa. Não tem mais Spitz, não tem mais encrenca, seguro.

Enquanto Perrault empacotava as provisões e equipamentos e os colocava dentro do trenó, o condutor dos cães pôs-se a atrelá-los. Buck trotou até o lugar que Spitz teria ocupado como líder; mas François, sem percebê-lo, trouxe Sol-leks para a posição cobiçada. Segundo seu julgamento, Sol-leks era o mais indicado para ser o cão-guia. Buck saltou sobre o outro cheio de fúria, empurrando-o de volta e parando em seu lugar.

– Ah, é? Ah, é? – gritou François, começando a rir e a dar tapas nas coxas, alegremente. – Óia só pra esse Buck. Ele mata aquele Spitz, agora ele pensa que é dono do lugar dele, né? Dá o fora, cusco! – ordenou, porém Buck recusou-se a se afastar.

François pegou Buck pelo cangote, mesmo com o cachorro rosnando ameaçadoramente, arrastou-o para um lado e recolocou Sol-leks na posição de líder. O velho cão não gostou nada disso e demonstrou claramente que tinha medo de Buck. François era teimoso, mas assim que voltou as costas, Buck novamente deslocou Sol-leks, que não opôs a menor resistência.

François zangou-se.

– Ah, é assim? Pois juro por Deus que vou te consertar! – gritou, retornando com um pesado porrete na mão.

Buck lembrou-se do homem do suéter vermelho e recuou lentamente; tampouco tentou investir quando Sol-leks foi trazido para a frente uma vez mais. Porém ficou circulando, um pouco além do alcance do porrete, rosnando de amargura e de cólera; e, enquanto circulava, mantinha o olhar fixo no porrete a fim de desviar-se, caso François jogasse em sua direção, porque a essa altura, ele já sabia muito bem as coisas que os porretes podiam fazer.

O condutor prosseguiu seu trabalho e chamou Buck quando chegou a vez de atrelá-lo em seu antigo lugar, diante de Dave. Mas Buck recuou dois ou três passos. François foi atrás dele e o animal recuou de novo. Depois de algum tempo, François jogou o porrete no chão, pensando que Buck estava com medo de levar uma sova. Porém Buck tinha-se revoltado abertamente. Ele não queria fugir às pancadas, mas ocupar a liderança. Era sua por direito de conquista. Tinha merecido o posto, e não se contentaria com menos.

Perrault veio dar uma mão. Os dois o perseguiram por quase uma hora. Jogaram paus em sua direção. Ele esquivou-se. Amaldiçoaram-no e a todos os seus antepassados nas linhas paterna e materna e a todos os descendentes que brotassem dele até a última geração; denegriram cada pelo de seu corpo e todas as gotas de sangue que lhe corriam nas veias; mas ele retorquiu a cada imprecação com um rosnado, enquanto se mantinha fora de seu alcance. Nem uma só vez tentou fugir, mas enquanto recuava ia circundando o acampamento, mantendo mais ou menos a mesma distância e deixando bem claro que, quando seu desejo fosse satisfeito, ele retornaria e se portaria bem.

François sentou-se, coçando a cabeça. Perrault olhou para o relógio e praguejou. O tempo estava voando e eles deveriam ter iniciado a viagem uma hora atrás. François coçou a cabeça de novo. Depois sacudiu-a com condescendência e lançou um olhar encabulado para o correio, que deu de ombros, concordando que tinham sido derrotados. Então François levantou-se e foi até o lugar em que Sol-leks aguardava pacientemente, chamando Buck. Este "riu", ou antes emitiu aquele som peculiar que para os cães representa o riso, mas manteve a distância. François desafivelou os tirantes de Sol-leks e o colocou de volta no lugar de costume. A matilha inteira estava agora atrelada ao trenó, uma linha ininterrupta, pronta para a trilha. Não havia lugar para Buck, salvo na frente. Uma vez mais François o chamou e outra vez Buck "riu" e manteve sua distância.

– Jogue fora o porrete! – ordenou Perrault.

François obedeceu e prontamente Buck troteou para perto dele, rindo triunfantemente e indo ocupar sua posição à cabeça da matilha. Seus tirantes foram afivelados, o trenó partiu imediatamente e, com ambos os homens correndo a seu lado, lançaram-se pela trilha do rio.

Por mais alto que o condutor de cães tivesse avaliado Buck anteriormente, ao dizer que valia por dois demônios, antes que se passasse muito tempo descobriu que o havia avaliado por baixo. Desde o primeiro salto, Buck assumiu os deveres da liderança; onde era necessário tomar uma decisão, pensar depressa e agir ligeiro, ele se demonstrou superior a Spitz, cujas qualidades nunca tinham sido igualadas por qualquer outro cão que François conhecesse.

Mas era ao determinar as leis da trilha e a obrigar seus companheiros a obedecê-las que Buck mais se distinguia. Dave e Sol-leks não deram a menor importância à mudança de chefia. Para eles não fazia a menor diferença quem fosse o líder. Sua função era puxar e puxavam com o máximo de esforço, pensando somente em suas correias. Desde que ninguém interferisse com eles, não davam a mínima para o que acontecesse. Por eles, até Billee, o cachorro manso, poderia ocupar a função de comando, desde que mantivesse a ordem entre os companheiros. O resto da matilha, entretanto, tinha-se tornado indisciplinado durante os últimos dias de Spitz e ficaram grandemente surpreendidos quando Buck tomou a si a tarefa de forçá-los à obediência.

Pike, que estava colocado junto aos calcanhares de Buck e que nunca se esforçava a empurrar a larga faixa de couro que lhe atravessava o peito além do que era obrigado, foi rápida e repetidamente mordido para deixar de ser vagabundo; antes que o dia terminasse, estava puxando os tirantes com mais entusiasmo do que jamais fizera durante toda a sua vida. Na primeira noite no acampamento, Joe, o mal-humorado, recebeu um castigo completo – uma coisa que Spitz nunca tinha conseguido fazer. Buck simplesmente o sufocou com seu peso superior e lhe deu pequenas mordidas, sem profundidade mas dolorosas até que ele cessasse de tentar morder de volta e se pusesse a ganir por misericórdia.

A atitude geral da equipe imediatamente melhorou. Recuperou sua antiga solidariedade e novamente os cães troteavam e puxavam os tirantes como se fossem um único animal. No acampamento indígena de Rink Rapids dois *huskies* nativos, Teek e Koona, foram acrescentados à equipagem. A rapidez com que Buck os disciplinou e fê-los adaptarem-se ao espírito da companhia tirou a respiração de François.

– Nunca vi um cusco como esse Buck! – exclamou ele. – Mais nunca mermo! Esse cachorro vale uns mil dólar, juro por Deus! Eh? Que é que tu diz, Perrault?

Perrault concordou com a cabeça. Já estava à frente da marcha mais rápida registrada e ganhava vantagem dia após dia. A trilha se encontrava em excelentes condições, bem socada e dura, e não caíra neve nos últimos dias. Também não estava frio demais. A temperatura caíra a dez graus abaixo de zero no começo da viagem e permanecia estável desde então. Os homens se alternavam para correr e serem transportados em pé junto ao leme de direção do trenó, enquanto os cães eram mantidos em marcha constante, com paradas muito pouco frequentes.

O rio das Trinta Milhas desta vez estava coberto de gelo, e eles percorreram em um dia o que na vinda tinham levado dez. Em uma única jornada, percorreram os cem quilômetros da margem do lago Le Barge até as Corredeiras do Cavalo Branco.[23] Passaram tão depressa pelos lagos Marsh, Tagish e Bennett (mais de cento e dez quilômetros), que o homem que deveria correr foi sendo rebocado atrás do trenó, preso à ponta de uma corda. E na última noite da segunda semana eles galgaram o alto do desfiladeiro Branco e começaram a descer a ladeira que

---

23. *White Horse Rapids,* próximo ao ponto onde hoje se ergue a cidade de Whitehorse, capital do território do Yukon, localizada nas cabeceiras do rio Yukon, a cerca de 60km do Alasca Meridional e a uns 75 da Colúmbia Britânica. (N.T.)

conduzia ao mar com as luzes do porto de Skagway[24] e as lâmpadas de sinalização dos barcos acesas a seus pés.

Foi uma corrida recorde. Durante catorze dias, tinham feito uma média de sessenta e cinco quilômetros. Durante três dias Perrault e François andaram de peitos estufados para cima e para baixo da rua principal de Skagway, sendo mergulhados em convites para drinques, enquanto a matilha era o centro constante de uma multidão admirada de homens acostumados a forçar os próprios cães até o limite. Então, três ou quatro malfeitores vindos do oeste dos Estados Unidos tentaram assaltar a cidadezinha e acabaram com mais furos no corpo do que engradados de madeira e, assim, o interesse do público voltou-se para ídolos mais recentes. A seguir, vieram ordens oficiais. François chamou Buck, abraçou-o e chorou sobre seus ombros. Para o cão, esse foi o fim de François e Perrault. Como outros homens, eles saíram da vida de Buck para sempre.

Um mestiço de escocês com índia passou a tomar conta dele e de seus companheiros e, na companhia de uma dúzia de outras equipagens de cães, Buck retomou a trilha cansativa até Dawson. Desta vez não era uma corrida com o trenó leve e não se quebrou nenhum recorde, mas pelo contrário, um grande esforço repetido todos os dias, puxando uma carga pesada. Pois este era o trenó postal, que trazia notícias de todo o mundo para os homens que buscavam ouro à sombra do Polo Norte.

---

24. Skagway era um porto de transporte de passageiros e minérios, localizado no estreito de Chatham, braço do canal de Lynn e próximo a Juneau, capital do Alasca; alcançou bastante desenvolvimento no final do século XIX, mas hoje está reduzido a pouco mais que uma aldeia de pescadores. As corredeiras do Cavalo Branco (*White Horse Rapids*), os lagos Marsh, Tagish e Bennett e o desfiladeiro Branco (*White Pass*) citados pelo autor no mesmo parágrafo são pontos geográficos reais que na época demarcavam a trilha até Dawson. (N.T.)

Buck não gostou da nova missão, mas suportou bem o trabalho, orgulhando-se do que fazia, do mesmo modo que Dave e Sol-leks; e providenciando para que seus companheiros, quer sentissem orgulho, quer não, executassem cada um sua justa porção da tarefa. Era uma vida monótona, que executava com uma regularidade mecânica. Um dia era muito semelhante a todos os anteriores e a quantos viessem depois. Havia uma certa hora a cada manhã em que os cozinheiros saíam das tendas, acendiam fogueiras e a primeira refeição era distribuída para os homens, mas não para os cães. Então, ao mesmo tempo que alguns desfaziam o acampamento, outros atrelavam os animais e já estavam a caminho mais ou menos uma hora antes que surgisse a escuridão mais profunda que anunciava a proximidade da aurora. A cada noite, reinstalava-se o acampamento. Alguns montavam as tendas, cravando longas estacas na neve endurecida para prender-lhes as abas, outros iam cortar lenha ou galhos de pinheiro para fazer as camas, ainda outros carregavam água ou gelo para os cozinheiros. Os cães também eram alimentados. Para eles, esta era a hora mais importante do dia, embora fosse bom vagabundear depois de comer os peixes, misturando-se por uma hora e pouco com os outros cachorros, dos quais havia uma centena ou mais. Havia lutadores ferozes entre estes, porém três batalhas com os mais ousados conduziram Buck a uma liderança inconteste, de tal modo que, sempre que ele rosnava e eriçava o pelo, todos saíam de seu caminho.

Talvez o que ele mais amasse fosse deitar-se ao pé das fogueiras, as pernas traseiras enroscadas por baixo do corpo, as dianteiras estendidas à sua frente, a cabeça erguida e os olhos piscando sonhadoramente à luz das chamas. Algumas vezes, ele pensava na grande mansão do juiz Miller, no distante e ensolorado vale de Santa

Clara e no tanque de natação rebocado de cimento, em Ysabel, a cadela sem pelos mexicana, e em Toots, o *pug* japonês, mas com maior frequência ele lembrava o homem do suéter vermelho, a morte de Curly, a grande batalha com Spitz e as coisas gostosas que tinha comido ou que gostaria de comer. Não sentia a menor saudade. A Terra do Sol estava muito esmaecida e distante e tais recordações não tinham mais poder sobre ele. Muito mais potentes eram as memórias de sua hereditariedade que revestiam com uma aparência familiar tantas coisas que ele jamais havia visto antes. Eram os instintos (apenas memórias das ações de seus antepassados, repetidas com tanta frequência que se haviam transformado em hábitos), escondidos através de tantas gerações e que agora, nos últimos meses, despertavam dentro dele e retornavam plenamente à vida.

Algumas vezes, enquanto ele se deitava ali, piscando sonhadoramente para as chamas, parecia que as labaredas eram de outra fogueira e que, enquanto ele se enroscava diante desse outro fogo, via outro homem, bem diferente do cozinheiro mestiço que estava à sua frente. Este outro homem tinha pernas mais curtas e braços mais longos, seus músculos eram mais fibrosos e cheios de nós do que arredondados e protuberantes. Os cabelos desse homem eram longos e emaranhados e sua cabeça encurvava-se para trás, sob os pelos, logo acima dos olhos. Emitia estranhos sons e parecia ter muito medo da escuridão, em meio a qual ele vigiava continuamente, enquanto apertava em sua mão, que pendia a meio caminho entre os joelhos e os pés, um pedaço de galho a cuja ponta fora amarrada firmemente uma pedra. Estava praticamente nu, uma pele esfarrapada e chamuscada pelo fogo pendendo até metade de suas costas, mas seu corpo era recoberto por uma grande camada de pelos. Em alguns lugares, no peito, nos ombros e na parte externa dos braços e coxas, havia crescido e se emaranhado tanto que parecia mais uma pele de animal. Ele não conseguia ficar bem ereto, mas com o tronco inclinado para frente a partir dos quadris, e as pernas encurvadas à altura dos joelhos. Com relação ao seu corpo, tinha uma agilidade peculiar, uma elasticidade quase como a dos gatos, e a vivacidade permanente daqueles que viveram em medo perpétuo das coisas vistas e não vistas.[25]

Em outras ocasiões, este homem peludo se acocorava junto ao fogo, com a cabeça no meio das pernas, e então dormia. Em tais momentos, seus cotovelos permaneciam sobre os joelhos e suas mãos se cruzavam por trás da cabeça como se quisesse atacar a chuva com seus braços cabeludos a fim de impedir que lhe escorresse pelo corpo. E além daquele fogo, na escuridão que o cercava, Buck podia entrever muitas brasas reluzentes, emparelhadas duas a duas, sempre duas a duas, que ele sabia serem os olhos de grandes feras de rapina. Ele conseguia escutar o barulho provocado por seus corpos enquanto esmagavam as ervas e o capim e os outros ruídos ameaçadores com que povoavam as noites. Sonhando ali, junto às margens do Yukon, os olhos piscando preguiçosamente diante do fogo, estes sons e visões de outro mundo há muito desaparecido faziam-lhe eriçar os pelos do dorso e erguerem-se-lhe nas espáduas e ao longo do pescoço, levando-o a soltar um gemido baixo e abafado ou a rosnar e roncar baixinho, até que o cozinheiro mestiço desse uma risada e lhe gritasse: "Ei, você, Buck, se acorde!" Só então, quando

---

25. O autor descreve um Homem de Neanderthal, conforme o conceito que dele se fazia em sua época. Em 1863, foram descobertos fósseis hominídeos (inicialmente, uma calota craniana, quase sem testa e com os supercílios salientes) em uma caverna do vale do Neander, nas proximidades de Düsseldorf (Alemanha). O *Homo sapiens neanderthalensis* é o humanoide mais próximo ao ser humano. (N.T.)

o outro mundo se desvanecia e o mundo real recuperava o domínio sobre seus olhos, ele se erguia, bocejava e se espreguiçava como se tivesse estado dormindo.

Foi uma viagem difícil, com as pesadas malas do correio atrás deles; e a tarefa árdua esgotou a todos. Tinham perdido peso e estavam em más condições quando finalmente chegaram a Dawson, e precisavam de um descanso de dez dias, no mínimo. Mas dois dias depois, já estavam de volta, passando o acampamento militar e descendo as barrancas do Yukon carregados de cartas para o mundo exterior. Os cães estavam cansados, os condutores resmungavam o tempo todo e, para piorar as coisas, nevava todos os dias. Isto significava que a trilha ficaria fofa, que os corredores teriam de se esforçar muito mais para obter apoio no solo e que os cães precisariam se esforçar muito mais ainda para puxar os trenós através do terreno frouxo. Todavia, os condutores, apesar de todas as condições desfavoráveis, eram justos para com os animais e faziam o que estava a seu alcance para aliviá-los.

A cada noite, os cães eram atendidos primeiro. Comiam antes que os próprios condutores, e nenhum homem buscava o abrigo de seu saco de dormir antes de cuidar das patas dos cães que conduzia. Entretanto, sua força foi diminuindo. Desde o começo do inverno, tinham viajado quase três mil quilômetros, arrastando trenós por toda essa distância extenuante; e três mil quilômetros causam efeito até mesmo nos mais fortes. Buck suportou bem a provação, obrigando seus companheiros a perseverar no esforço e mantendo a disciplina, embora ele próprio estivesse permanentemente cansado. Billee chorava e gemia todas as noites enquanto dormia. Joe estava mais amargo do que nunca e era impossível chegar perto de Sol-leks, nem pelo lado cego, nem pelo lado que enxergava.

Mas quem mais sofria era Dave. Havia alguma coisa errada com ele. Foi ficando progressivamente mais mal-humorado e irritadiço; quando o acampamento era montado, imediatamente escavava seu ninho e o condutor tinha de levar-lhe a comida até lá. Assim que lhe tiravam os arreios e sua cova estava pronta, não se punha de pé outra vez até chegar a hora de ser atrelado novamente, na manhã seguinte. Algumas vezes, preso aos atilhos, quando era sacudido por uma parada súbita do trenó, ou quando se esforçava para fazê-lo arrancar de novo, chegava a ganir de dor. O condutor o examinava, mas não conseguia achar nada. Todos os outros condutores demonstraram interesse por seu caso. Falavam sobre ele à hora das refeições, faziam comentários enquanto fumavam as últimas cachimbadas antes de se retirarem para as camas de galhos de pinheiro, e em determinada noite fizeram uma espécie de junta médica. Ele foi trazido de seu ninho até a fogueira e tocado e apertado por muitos dedos enluvados até que começou a uivar de dor. Alguma coisa estava errada dentro dele, mas não conseguiram localizar nenhum osso quebrado e não entendiam o que era.

Quando chegaram a Cassiar Bar,[26] ele estava tão fraco que caía repetidas vezes na neve, preso somente pelos tirantes dos arreios. O mestiço de escocês fez a equipe parar e retirou-o das correias, prendendo Sol-leks, o cão seguinte, diretamente ao trenó. Sua intenção era dar um pouco de descanso a Dave, deixar que ele corresse livremente atrás da matilha, livre do fardo por algumas horas. Doente como estava, Dave ressentiu-se por ser retirado, roncando e rosnando, enquanto as presilhas eram abertas e gemendo de partir o coração quando viu

---

26. Trecho do rio Yukon que se pode atravessar durante o verão. "Vau dos Caniços", onde cresce um certo tipo de junco adaptado às regiões frias durante o curto período de estio, desaparecendo durante o longo inverno e rebrotando no verão seguinte. (N.T.)

Sol-leks ser colocado na posição que havia ocupado e atendido tão bem durante tanto tempo. Porque o orgulho da trilha e dos tirantes habitava nele e, mesmo acometido de uma doença mortal, não podia suportar que outro cão realizasse a tarefa que tinha sido sua.

Quando o trenó retomou a marcha, ele começou a tropeçar na neve frouxa à beira da trilha batida, atacando Sol-leks com os dentes, atirando-se contra ele e tentando jogá-lo para fora das correias sobre a neve fofa do outro lado do caminho, procurando pular para dentro dos tirantes e meter-se entre ele e o trenó, gemendo o tempo todo, ladrando e ganindo de tristeza e de dor. O mestiço tentou afastá-lo com o chicote, mas ele não dava a menor atenção à chibata que lhe estalava nos lombos e o homem não tinha coragem de atingi-lo com mais força. Dave simplesmente se recusava a correr tranquilamente pela trilha na esteira do trenó, onde a marcha lhe seria mais fácil; mas continuava a patear e a afundar na neve frouxa da beirada da trilha, justamente onde o caminho era o mais difícil. Aos poucos, foi-se exaurindo, até que tombou e ficou caído ali mesmo, uivando lugubremente, enquanto o longo comboio de trenós passava por ele, deslizando pela neve.

Com os últimos restos de sua força, ele conseguiu cambalear atrás do grupo até que a caravana fez outra parada, quando então avançou, aos tropeços, pela neve frouxa, costeando a trilha, até parar ao lado de Sol-leks. O condutor do seu trenó deu uma parada para pedir fogo para seu cachimbo ao condutor de trás. Então retornou e incitou novamente seus cães. Eles retomaram a trilha com uma notável falta de entusiasmo, viraram as cabeças inquietos e pararam surpresos. O condutor também se surpreendeu, porque embora os cães iniciassem a corrida, o trenó não se havia movido. Ele sacudiu a cabeça de espanto e chamou seus colegas para contemplar a cena. Dave tinha mordido os dois tirantes de Sol-leks até cortá-los e agora estava parado exatatamente à frente do trenó, no lugar que lhe pertencia de direito.

Suplicou com o olhar que o deixassem permanecer ali. O condutor ficou perplexo. Seus camaradas começaram a conversar sobre como um cão podia ficar magoado somente por lhe negarem o trabalho que justamente o estava matando, e lembraram de casos que tinham testemunhado ou de que haviam ouvido falar sobre cães velhos demais para trabalhar, ou afastados por causa de ferimentos, que tinham morrido ao serem desencilhados das correias. E começaram a considerar que seria um ato de misericórdia, no final das contas, deixar que Dave morresse atrelado, com o coração leve e cheio de contentamento, já que ia mesmo morrer de qualquer jeito. Assim, ele foi arreado novamente e orgulhosamente puxou como sempre fizera, embora mais de uma vez ganisse involuntariamente, ao sentir a dor da ferida que o remoía por dentro. Diversas vezes caiu e foi arrastado pelos outros cães, sem que os tirantes se soltassem; em uma ocasião o trenó correu sobre ele, por estar atrasado, e a partir daí ficou manco de uma das patas traseiras.

Mas ele manteve-se firme até atingirem o ponto escolhido para o novo acampamento, e o condutor arranjou-lhe um bom lugar junto ao fogo. Na manhã seguinte, estava fraco demais para viajar. Na hora da atrelagem, tentou arrastar-se para seu posto. Com esforços convulsivos, ergueu-se sobre as patas, cambaleou e caiu de novo. Então se arrastou lentamente, como um verme, em direção ao local em que os arreios estavam sendo atrelados a seus companheiros. Ele avançava com as patas dianteiras e arrastava o corpo com uma espécie de pulo; então novamente movia as patas dianteiras e dava outro arranco que fazia seu corpo avançar mais alguns centímetros. Suas forças o abandonaram completamente e da última vez que seus companheiros o avistaram, ele jazia ofegante sobre a neve, ainda ansiando por reunir-se a eles. Mas conseguiram escutar seus uivos melancólicos até o deixarem completamente para trás, escondido por uma faixa de árvores que cresciam à beira-rio.

Neste ponto, a caravana parou. O escocês mestiço voltou sobre seus passos lentamente até o local do acampamento que tinham deixado para trás. Os homens cessaram suas conversas. Ouviu-se um tiro de revólver. O homem voltou às pressas. Os chicotes estalaram, os guizos soaram alegremente e os trenós cortaram a neve enquanto avançavam pela trilha. Mas Buck entendeu; e todos os cães entenderam o que havia ocorrido por trás do pequeno grupo de árvores.

V
O trabalho na trilha e nos tirantes

Trinta dias depois de saírem de Dawson, o Correio da Água Salgada chegou a Skagway, com Buck e seus companheiros à frente do comboio. Estavam em péssimas condições, exaustos e desgastados. Buck tinha iniciado a empreitada com sessenta e três quilos e agora estava com cinquenta e dois. Seus companheiros, embora fossem mais leves desde o início, haviam perdido relativamente mais peso do que ele. Pike, o vagabundo, que em sua vida de vigarices tinha com frequência fingido estar com uma perna ferida, agora era realmente forçado a mancar. Solleks estava mancando também e Dub sofria muito devido a uma omoplata deslocada.

Todos traziam as patas terrivelmente feridas. Não tinham mais energia nem vitalidade. Suas patas tombavam pesadamente sobre a trilha, sacudindo seus corpos de dor e dobrando a fatiga das jornadas diárias. Não havia nada de profundamente errado com eles, mas estavam mortos de cansaço. Não era aquele cansaço pesado que se instala após um esforço breve mas exaustivo, do qual nos recuperamos após algumas horas de sono e descanso, mas aquele cansaço mortal que resulta da drenagem lenta e prolongada da força após meses de exaustão constante. Não havia mais poder de recuperação, nenhuma força de reserva que pudesse ser convocada. Tinha sido tudo usado, até a derradeira parcela de energia. Cada músculo, cada fibra, cada célula estava cansada, cheia de um cansaço de que não parecia haver retorno. E havia razões de sobra para sentirem-se exauridos. Em menos de cinco meses tinham viajado quatro mil quilômetros e durante os últimos mil e trezentos só lhes haviam permitido cinco dias de descanso. Quando chegaram a Skagway estavam aparentemente no final de sua resistência. Mal conseguiam manter esticados os tirantes e nas descidas o máximo que conseguiam fazer era manter-se fora do alcance das barras do trenó.

– Continuem marchando, pobres patas doloridas – encorajava o condutor enquanto cambaleavam pela rua central de Skagway. – Chegamos ao final da viagem. Agora vamos ter um descanso bem comprido, hein? Claro que sim. Um descanso mais comprido que a bendita viagem.

Os condutores tinham plena confiança de que desta vez a parada seria longa. Eles mesmos tinham coberto dois mil quilômetros com somente dois dias de intervalo e era natural, racional e uma questão da justiça mais comum que merecessem um período de descanso. Mas tantos eram os homens que se haviam atirado à conquista do Klondike e tantas eram as namoradas, esposas e parentes que não os tinham acompanhado que a correspondência acumulada enchia todas as dependências disponíveis, erguendo-se em pilhas que rivalizavam com as montanhas mais altas; e havia também ordens do governo. Novas matilhas de cães descansados tinham sido trazidas da baía de Hudson[27] para tomar os lugares daqueles que não tivessem condições de retornar à trilha. Os cães inúteis deveriam ser dispensados e, uma vez que cães pouco valem, se comparados a dólares sonantes, determinou-se que deveriam ser vendidos.

---

27. A baía de Hudson é quase um mar interior, com cerca de $1.100.000 km^2$ e 1.368km de comprimento, que se abre para o Oceano Atlântico, com que se comunica através do estreito de Hudson (724km) entre a Terra de Baffin e as penínsulas de Ungava e Labrador ao norte do Canadá. Fica congelada em média sete meses ao ano. (N.T.)

Três dias se passaram, durante os quais Buck e seus companheiros descobriram até que ponto estavam realmente cansados e fracos. Então, na manhã do quarto dia, dois homens recém-chegados dos Estados Unidos vieram comprá-los, a matilha inteira mais os arreios, por pouco mais do que nada. Os homens se dirigiam um ao outro como "Hal" e "Charles". Charles era um homem de meia-idade e compleição clara, com olhos também muito claros, que pareciam ter sido diluídos em água, e um bigode que se retorcia feroz e vigorosamente para cima, desmentindo o lábio frouxo e descaído que escondia. Hal era um jovem de dezenove ou vinte anos, com um grande revólver Colt[28] e uma faca de caça presos à cintura por um cinturão que praticamente estourava de tantos cartuchos. Esta cartucheira era a coisa que mais se destacava nele. Anunciava sua ingenuidade e inexperiência – uma ingenuidade total e inexprimível. Ambos os homens estavam manifestamente deslocados naquele território, e porque pessoas como eles se aventuravam ao Norte selvagem é parte dos mistérios que desafiam a compreensão humana.

Buck assistia enquanto os homens regateavam, viu o dinheiro passar das mãos de um deles para o agente do governo e soube que o escocês mestiço e os demais condutores da caravana postal estavam deixando sua vida no encalço de Perrault e François e dos outros que tinham entrado e saído dela antes. Quando foi conduzido com seus companheiros para o acampamento dos novos proprietários, Buck encontrou um local descuidado e sujo, a tenda esticada nas estacas apenas pela metade, os pratos sem lavar, tudo em total desordem; e também viu uma mulher.

---

28. Revólver de seis tiros, popularizado nos filmes de faroeste, inventado pelo americano Samuel Colt (1814-1862), de quem leva o nome. (N.T.)

Os homens a tratavam de "Mercedes", era esposa de Charles e irmã de Hal – uma linda expedição familiar.

Buck observou-os apreensivamente enquanto desmontavam a tenda e carregavam o trenó. Eles esforçavam-se tremendamente para cumprir as tarefas, mas não demonstravam nem o método nem a ordem de campistas experimentados. A tenda foi enrolada de um jeito que ficou com um volume três vezes maior do que deveria ficar. Os pratos de estanho foram guardados sem nem ao menos terem sido lavados. Mercedes metia-se constantemente no caminho dos homens, tagarelando sem parar, fazendo queixas e dando conselhos inúteis. Quando eles colocavam um saco de roupas na parte dianteira do trenó, ela sugeria que o pusessem na parte de trás; e quando lhe tinham feito a vontade e colocado o fardo na parte traseira, recoberto por dois ou três outros pacotes, ela descobria artigos esquecidos que não podiam ser colocados em parte alguma exceto dentro daquele exato saco e, assim, tinham de descarregar tudo de novo.

Três homens que acampavam em uma tenda vizinha aproximaram-se para dar uma olhada, rindo e piscando um para o outro.

– Vocês já têm uma bela carga aí! – disse um deles. – Não tenho nada que me meter nos assuntos dos outros, mas, se eu fosse vocês, não levaria essa tenda junto...

– Mas nem por sonhos! – gritou Mercedes, jogando as mãos para o alto, num afetado desânimo. – E como é que eu fico, se não tiver uma tenda?

– A primavera já chegou e vocês não vão encontrar nenhuma onda de frio – replicou o interlocutor.

Ela sacudiu a cabeça em uma negativa decidida e Charles e Hal colocaram os últimos artigos avulsos em cima da montanha de carga.

– Vocês acham que ele vai sair do lugar? – perguntou um dos homens.

– E por que não deveria? – indagou Charles, bastante aborrecido.

– Ei, tudo bem, tudo bem – respondeu o homem bem depressa em um tom de voz apaziguador. – Eu só estava pensando em voz alta, apenas isso. É que me pareceu um tantinho pesado demais.

Charles voltou-lhes as costas e apertou as amarras que sustentavam a carga o melhor que pôde, mesmo assim bastante mal, devido à falta de prática.

– E naturalmente os cães podem caminhar o dia todo puxando esse monte de coisas – afirmou um segundo homem.

– Certamente! – afirmou Hal, um tom gelado de polidez insinuando-se em sua voz, segurando o leme do trenó com uma das mãos e brandindo o chicote com a outra.

– Marchem! – gritou. – Marchem! Marchem em frente!

Imediatamente os cães saltaram contra os peitorais de couro, empurraram com toda a força por alguns momentos e então relaxaram. Perceberam que eram incapazes de mover o trenó.

– Bestas preguiçosas! Vou mostrar a eles! – gritou o rapaz, tomando impulso para açoitá-los com o chicote.

Porém Mercedes interferiu, gritando:

– Não, Hal, você não deve! – protestou, enquanto agarrava o chicote e o arrancava das mãos do irmão. – Os pobrezinhos! Não, você não vai bater neles! Vai me prometer que não vai judiar deles pelo resto da viagem, se não eu não vou com vocês...

– Muito que você sabe a respeito de cães – zombou o irmão. – Vê se me deixa em paz! Eles são preguiçosos, estou lhe dizendo e se não usar o chicote, você não consegue nada com eles. É assim que eles se acostumaram. Pode perguntar a qualquer um. Pergunte a um desses homens.

Mercedes olhou para eles implorando, uma indizível repugnância pela dor alheia estampada em seu rosto bonito.

– Eles tão é fraco que nem água, se vocês quer saber – veio a resposta do terceiro homem. – Tão completamente exausto pelo serviço do mêis passado, é isso que eles têm. Tão percisando muito de um descanso.

– O descanso que vá para o inferno! – resmungou Hal por entre os lábios ainda imberbes. E Mercedes soltou um – "Oh!" – de dor e sentimento ao escutar-lhe a imprecação.

Mas ela era uma criatura muito leal à própria família e imediatamente tratou de defender o irmão.

– Não dê bola para esse homem – disse ela deliberadamente. – É você que vai conduzir nossos cães e deve agir com eles como achar melhor.

O chicote de Hal caiu sobre os cães uma segunda vez. Eles se lançaram bravamente contra os peitorais de couro, enterraram as patas na neve compacta, inclinaram os corpos para baixo e para a frente a fim de puxar os tirantes e empregaram toda a força que lhes restava. Mas o trenó permaneceu fincado no lugar como se fosse uma âncora. Eles se esforçaram duas vezes e depois se aquietaram, resfolegando. O chicote estava assobiando selvagemente, quando Mercedes interferiu uma vez mais. Ela caiu de joelhos diante de Buck, com lágrimas nos olhos, e colocou os braços ao redor de seu pescoço.

– Oh, pobrezinhos, queridos coitadinhos – chorou, cheia de simpatia –, por que vocês não puxam com mais força? Aí ninguém vai chicotear vocês!...

Buck não gostou dela, mas estava sentindo-se miserável demais para resistir ao abraço, aceitando-o como parte do trabalho miserável daquele dia.

Um dos espectadores, que vinha cerrando os dentes para não falar, não se aguentou mais:

– Não é que eu esteja dando a mínima para o que acontecer com vocês, mas estou com pena dos cachorros e por isso vou dar um conselho: vocês podem ajudar muito os infelizes se quebrarem o gelo que prende o trenó ao solo. As lâminas de deslizamento estão congeladas e presas ao chão. Joguem o peso do corpo contra o poste do leme e empurrem para a direita e depois para a esquerda, até partir o gelo.

Foi realizada uma terceira tentativa, mas desta vez, tendo seguido o conselho, Hal conseguira desprender as lâminas que tinham ficado soldadas na neve. O trenó sobrecarregado e inamovível deslocou-se para a frente. Buck e seus companheiros lutaram freneticamente sob a chuva de açoites. Mas uns cem metros à frente, a trilha dava uma volta e ligava-se à rua principal por meio de uma ladeira íngreme. Somente um condutor experimentado conseguiria manter erguido um trenó tão pesado e Hal não tinha a menor experiência. No momento em que passaram pela curva, o trenó virou e derrubou metade da carga através das amarras frouxas. Mas os cães não pararam. O trenó, aliviado do peso excessivo, começou a pular de lado, dando solavancos enquanto eles o puxavam. Estavam zangados devido ao mau tratamento que haviam recebido e também pela carga injusta que lhes haviam imposto. Buck estava tomado de fúria. Pôs-se a correr com a equipe toda a acompanhá-lo. Hal gritava atrás deles: "Ôooa! Ôooa!", mas não lhe davam a menor atenção. Ele tropeçou e foi derrubado. O trenó virado passou por cima dele e os cães dispararam rua acima, dando motivos para que toda a população de Skagway risse às gargalhadas, enquanto eles espalhavam o restante da carga ao longo da avenida principal.

Os cidadãos de bom coração fizeram parar os cachorros e reuniram a carga espalhada. E também lhes deram bons conselhos. Teriam de levar metade da carga e o dobro de cães, se é que esperavam chegar até Dawson, foi o que disseram. Hal, sua irmã e seu cunhado escutaram de muito má vontade, voltaram a armar a tenda e, quando descarregavam parte dos suprimentos, apareceram fardos de enlatados que fizeram rir os homens que os observavam, porque latas de conserva na Longa Trilha é uma coisa que só aparece em sonhos.

– Olhem só, eles têm cobertores suficientes para um hotel! – comentou um dos homens que os estava ajudando e todos caíram na gargalhada. – Metade ainda é demais. Livrem-se deles. Joguem fora essa tenda e todos esses pratos. Onde é que vão encontrar água para lavar pratos no inverno? Santo Deus, vocês pensam que estão viajando em um vagão Pullman?[29]

E assim prosseguiu a inexorável eliminação do supérfluo. Mercedes chorou quando seus sacos de roupas foram abertos sobre a neve e artigo após artigo foi sendo jogado fora. Ela chorou em geral, e chorou em particular por cada item que tinha de ser descartado. Sentou-se no chão, as mãos em torno dos joelhos, balançando-se para frente e para trás, com o coração partido. Ela jurou que não ia viajar nem mais uma polegada, nem por uma dúzia de Charles. Apelou para todos e para tudo, mas finalmente limpou os olhos e começou a jogar fora até mesmo peças de roupa que eram absolutamente necessárias. E no seu entusiasmo, depois de ter dizimado seu próprio vestuário,

---

29. Vagões ferroviários extremamente luxuosos para a época, destinados aos passageiros de primeira classe. (N.T.)

atacou os pertences de seus homens e passou por eles como um ciclone.

Completada esta tarefa, o equipamento, mesmo cortado pela metade, ainda era uma carga formidável. Charles e Hal saíram nessa noite e compraram seis cães do exterior.[30] Estes, acrescentados aos seis que restavam do time original, mais Teek e Koona, os *huskies* adquiridos aos índios do acampamento de Rink Rapids durante a viagem que quebrara todos os recordes, aumentaram o número da equipe para catorze. Mas os cães do exterior, embora treinados praticamente desde o dia que haviam chegado, não foram de grande serventia. Três eram *pointers*[31] de pelo curto, um era Terra Nova e os outros dois vira-latas sem raça determinada. Parecia que os recém-chegados não sabiam coisa alguma sobre as lides da trilha. Buck e seus camaradas os contemplaram com desprezo e, embora ele rapidamente lhes ensinasse seus lugares na matilha e o que não podiam fazer, não podia ensinar-lhes o que deveriam realmente fazer. Eles não se deram bem nos tirantes e na trilha. Com exceção dos dois vira-latas, estavam perplexos e descorçoados pelo estranho ambiente selvagem em que tinham sido jogados e pelos maus tratos que recebiam. Quanto aos dois vira-latas, eles não tinham o menor entusiasmo por aprender: submetiam-se facilmente, mas não aceitavam o treinamento e a única coisa que as pauladas poderiam fazer seria quebrar-lhes os ossos.

---

30. No original, *Outside dogs,* isto é, cães trazidos de fora da região de Klondike e Yukon ou descendentes de outras raças que não os *huskies* nativos, criados pelos esquimós, de quem traziam o nome *(huskemaw).* (N.T.)

31. Cães grandes e esguios de pelo liso e curto e faro aguçado, criados há muitos séculos na Inglaterra. Indicam a presença da caça ficando imóveis e apontando com o focinho ou uma das patas dianteiras, o que lhes deu o nome (apontadores). Aparentados aos cães perdigueiros. (N.T.)

Com aquele bando de recém-chegados indefesos e incapazes e a equipe antiga exaurida por quatro mil quilômetros de trilha contínua, as perspectivas não eram nada brilhantes. Os dois homens, todavia, estavam muito alegres e esperançosos. E também cheios de orgulho. Estavam iniciando a empreitada no melhor estilo, com catorze cães. Já tinham visto muitos trenós cruzarem o Passo em direção a Dawson e outros tantos chegados de lá, mas nenhum deles puxado por catorze cães. A própria natureza das viagens pelo Ártico era uma das razões por que não se devia atrelar catorze cães a um único trenó – simplesmente não havia espaço em um só trenó para a comida necessária para alimentar catorze cães. Mas Charles e Hal não sabiam disso. Tinham planejado a viagem na ponta do lápis, tinham calculado quanto iam gastar por cão, quantos cachorros iam utilizar e quantos dias seriam gastos na viagem, Q. E. D.[32] Mercedes observava enquanto projetavam a empreitada e concordava de muito bom humor. Afinal de contas, era tudo muito simples.

No final da manhã seguinte, Buck conduziu a longa equipe rua acima. Não havia nenhuma vivacidade nos cães, nenhum entusiasmo pela viagem nele próprio ou em qualquer de seus companheiros. Já estavam iniciando a viagem mortos de cansaço. Quatro vezes tinham coberto a distância entre Salt Water e Dawson e o conhecimento de que o estavam levando a enfrentar a mesma trilha, exaurido e machucado, deixou-o cheio de ressentimento. Seu coração não estava na tarefa, estava tão desanimado como todos os outros cães. Os cães que tinham vindo do exterior, além de tímidos, estavam amedrontados, e os

---

32. Abreviatura da expressão latina *quid erat demonstrandum*, correspondente ao português "como queríamos demonstrar" (ou c. q. d.), colocado no final de teoremas matemáticos. O autor ironiza as pessoas que acreditam que a teoria se sobrepõe à experiência. (N.T.)

cães treinados não tinham a menor confiança em seus novos amos.

Buck sentia vagamente que não podia depender destes dois homens e muito menos da mulher. Eles não sabiam fazer nada e, à medida que os dias passavam, tornava-se claro que não conseguiam aprender. Eram gente muito frouxa, sem ordem nem disciplina. Levavam metade da noite só para montar um acampamento mal e porcamente e metade da manhã para levantar esse acampamento e carregar o trenó de uma forma tão descuidada que pelo resto do dia tinham de parar muitas vezes para redistribuir a carga. Havia dias em que não percorriam nem quinze quilômetros. Em outros dias, nem sequer conseguiam sair do lugar. E não houve um único dia em que conseguissem percorrer mais do que metade da distância calculada pelos dois homens como base para a quantidade de comida necessária para os cães.

Era inevitável que a comida dos cães escasseasse mais cedo ou mais tarde. Mas eles pioraram a situação dando comida demais no princípio, o que só serviria para tornar mais próximo o dia em que seria necessário racionar o alimento. Os cães do exterior, cujos aparelhos digestivos não tinham sido treinados pela fome crônica a retirar o máximo do pouco que comessem, tinham apetites vorazes. E quando, além disso, os *huskies*, desgastados pelo cansaço, começaram a puxar fracamente, Hal decidiu que a ração costumeira era pequena demais, e pura e simplesmente dobrou-a. E para piorar as coisas ainda mais, quando Mercedes, com lágrimas em seus lindos olhos e a voz trêmula de piedade, não conseguiu convencê-lo a dar mais ainda, ela começou a roubar dos sacos de peixe e a alimentar os cães secretamente. Mas não era de comida que Buck e seus companheiros necessitavam, e sim de repouso. E, embora estivessem progredindo muito lentamente, a pesada carga que arrastavam drenava severamente suas energias.

E então começou o período do racionamento. Hal acordou-se um dia para descobrir que a metade da comida para os cães já tinha sido gasta, enquanto somente um quarto da distância fora percorrido: pior ainda, que não poderia conseguir mais comida para eles, nem por dinheiro, nem por piedade de ninguém. Assim, ele cortou a ração para menos da metade, dando menos até que a quantidade costumeira, enquanto tentava aumentar o ritmo das jornadas diárias. Sua irmã e seu cunhado lhe deram razão, mas seus esforços para ajudá-lo foram frustrados por sua pesada carga e sua própria incompetência. Dar menos comida aos cães era fácil; mas era impossível fazê-los marchar mais depressa, ao mesmo tempo que sua própria inabilidade de iniciar a jornada pela manhã no horário adequado impedia todos os dias que viajassem por mais algumas horas preciosas. Eles não somente não sabiam como administrar o trabalho dos cães, como não eram capazes de governar a si mesmos.

O primeiro a morrer foi Dub. Pobre ladrãozinho atrapalhado que tinha sido toda a vida, sempre sendo pego em flagrante e castigado, tinha se tornado um obreiro fiel apesar de tudo. Sua omoplata deslocada, que não tivera tratamento nem descanso, foi indo de mal a pior, até que finalmente Hal deu-lhe um tiro com o grande revólver Colt. É um ditado da região que um cão do exterior morre de fome com a ração de um *husky* e, assim, os seis cães estrangeiros sob as ordens de Buck tinham mesmo que morrer ao receberem somente metade de uma ração normal. O Terra Nova foi o primeiro, seguido pelos três *pointers* de pelo curto; os dois vira-latas se prenderam à vida com maior tenacidade, mas acabaram morrendo também.

A esta altura, todas as amenidades e gentilezas das terras do Sul tinham desaparecido dos três humanos. Despojada de todo o encanto e romance, a viagem pelo Ártico tornou-se para eles uma realidade dura demais tanto para sua masculinidade como feminilidade. Mercedes parou de chorar por causa dos cães, ocupada demais em chorar por si mesma, ao mesmo tempo que vivia brigando e discutindo com o marido e o irmão. Discutir e brigar eram as únicas coisas de que nunca se cansavam. Sua irritabilidade surgiu de seu próprio descontentamento, aumentou com ele, redobrou e finalmente tornou-se muito maior que todas as outras dificuldades. A maravilhosa paciência da trilha que reveste os homens que trabalham duramente e sofrem mais ainda, mas permanecem gentis e de fala mansa, não pousou nunca, nem sobre estes dois homens, nem sobre a mulher. Eles não apresentavam o menor vestígio dessa paciência. Suas articulações estavam duras e doloridas e todos os seus músculos doíam; até mesmo seus corações doíam; e por causa disso, a comunicação entre eles tornou-se ofensiva e violenta, e palavras duras e grosseiras brotavam de seus lábios na primeira luz da manhã e eram a última coisa que proferiam antes de dormir.

Charles e Hal chegavam a atracar-se fisicamente, cada vez que Mercedes lhes dava um pretexto. Eles tinham a mais firme e entranhada crença de que cada um estava fazendo muito mais que a sua parte do serviço, e não deixavam de expressar esta crença à menor oportunidade. Algumas vezes, Mercedes ficava do lado de seu marido, em outras, apoiava o irmão. O resultado era uma linda e infindável briga de família. Surgindo a partir de uma disputa sobre quem deveria cortar umas poucas achas de lenha para a fogueira (uma discussão que na verdade só dizia respeito a Charles e Hal), eventualmente poderia descambar para a família toda: pais, mães, tios, primos, pessoas que moravam a milhares de quilômetros de distância, muitas até mesmo mortas. Simplesmente foge ao entendimento humano que as opiniões de Hal sobre a arte ou sobre as peças de teatro populares que o irmão de sua mãe escrevia tivessem alguma coisa a ver com o corte de umas poucas achas de madeira; e no entanto a discussão podia estender-se tanto nessa direção quanto em direção às opiniões políticas de Charles. E que a língua tagarela da irmã de Charles tivesse alguma coisa a ver com a montagem de uma fogueira em Yukon fazia sentido apenas para Mercedes, que aproveitava a ocasião para expressar opiniões bem definidas sobre esse assunto e incidentalmente sobre uma série de outras características desagradavelmente peculiares da família de seu marido. E nesse meio tempo, o fogo não era aceso, o acampamento só era montado pela metade e os cães não comiam.

Mercedes nutria um ressentimento todo especial – o ressentimento por seu próprio sexo. Era bonita e delicada e durante toda a sua vida tinha sido tratada cavalheirescamente. Mas o tratamento que lhe era dispensado agora tanto pelo marido como pelo irmão podia ser tudo, menos cavalheiresco. Era seu costume ser incapaz de fazer qualquer coisa sozinha. Os outros se queixavam. E ao ver contestada aquela que lhe parecia ser a mais essencial prerrogativa de seu sexo, ela tornava a vida deles insuportável. Não demonstrava mais a menor consideração pelos cães e, como estava o tempo todo dolorida e irritada pela longa viagem, insistia em sentar-se no trenó para ser puxada por eles. Ela podia ser bonita e delicada, mas pesava cinquenta e quatro quilos – uma "última palha" grossa demais[33] para a carga a ser arrastada pelos animais

---

33. Alusão à fábula contida nas *Mil e Uma Noites* sobre o camelo que transportava sem protestar uma imensa carga, mas no momento em que uma pequena palha foi colocada sobre ela, arriou e morreu. (N.T.)

fracos e esfaimados. Ela viajou no trenó durante dias, até que eles caíram de exaustão entre os tirantes e o veículo ficou imóvel. Charles e Hal lhe suplicaram para descer e caminhar como os outros, argumentaram e adularam em vão, enquanto ela chorava e importunava os céus com um recital sobre a brutalidade daqueles dois homens.

Em uma ocasião, eles a retiraram à força do trenó. E nunca mais tentaram de novo. Ela afrouxou as pernas como uma criança mimada e sentou-se no chão. Eles seguiram adiante, mas ela não se moveu. Depois de viajarem cinco quilômetros, descarregaram o trenó e voltaram para buscá-la; ainda assim, tiveram de colocá-la dentro do veículo à força.

Sofrendo excessivamente com a própria desgraça, tornaram-se insensíveis ao sofrimento dos animais. A teoria de Hal, que ele só punha em prática com relação aos outros, é que a pessoa deve endurecer. Tinha começado a pregar esta teoria a sua irmã e seu cunhado. Como não conseguira o melhor resultado, passou a ensiná-la aos cães por meio de um porrete. Quando chegaram ao maciço dos Cinco Dedos, a comida dos cães acabou e uma índia velha e sem dentes ofereceu-se para trocar uns poucos quilos de couro de cavalo congelado pelo revólver Colt que fazia companhia à grande faca de caça junto ao quadril de Hal. Este pelego era um péssimo substituto para alimento, porque tinha sido arrancado de cavalos mortos de fome dos tropeiros que haviam trazido gado seis meses antes. Em seu estado de congelamento, assemelhava-se mais a tiras de ferro galvanizado e quando um cachorro, depois de muita luta e mastigação incessante, conseguia introduzir um pedaço no estômago, ele descongelava, transformando-se em tiras de couro finas e sem nutrientes, acompanhadas por uma massa de pelos curtos e emaranhados que, além de indigestos, eram uma fonte de constante irritação para o estômago e os intestinos.

E através de tudo isso, Buck prosseguia cambaleando à frente da fila como se atravessasse um pesadelo. Puxava enquanto podia; quando não aguentava mais, suas patas se afrouxavam e ele caía e permanecia deitado até que os golpes da chibata ou do porrete o obrigassem a pôr-se de pé novamente. Toda a firmeza e brilho tinham desaparecido de seu lindo pelo comprido. Agora, ele pendia para baixo, frouxo e esfiapado ou enovelado em coágulos de sangue nos pontos em que o cacete de Hal lhe havia arranhado o couro. Seus grandes músculos tinham desaparecido e agora tinha apenas fios mirrados e fibrosos; toda a carne que lhe recobria os ossos tinha sido consumida de tal modo que cada costela e cada osso que lhe compunha o esqueleto destacava-se nitidamente através da pele frouxa, que se enrugara e dobrara ao redor dos espaços vazios. Era de partir o coração; todavia o ânimo de Buck era indomável. O homem do suéter vermelho o tinha demonstrado.

E se Buck estava assim, seus companheiros se achavam ainda em piores condições. Eram esqueletos ambulantes. Restava um total de sete, contando com ele. Em sua grande penúria, tinham-se tornado insensíveis à mordida da chibata ou às pancadas do porrete. A dor das batidas era apagada e distante, do mesmo modo que todas as coisas que contemplavam com os olhos meio cegos e escutavam com ouvidos desatentos lhes pareciam amortecidas e longínquas. Estavam apenas meio vivos, talvez um quarto vivos. Eram simplesmente sacos de ossos em que centelhas de vida se acendiam debilmente. Quando havia uma parada, caíam por entre os tirantes como cães mortos, e a centelha enfraquecia, empalidecia e parecia apagar-se. E quando o cacete ou o chicote caía sobre eles, a centelha se reacendia fracamente e então apoiavam-se no chão até porem-se de pé e avançavam em frente aos tropeções.

Chegou um dia em que Billee, o cachorro manso, caiu e não pôde mais erguer-se. Hal tinha trocado seu revólver por aquela comida insípida e assim pegou o machado e bateu com ele na cabeça de Billee no lugar mesmo em que se achava entre os tirantes e depois cortou a carcaça para fora dos arreios e arrastou-a para a beira do caminho. Buck assistiu e os companheiros que restavam assistiram também e todos souberam que o mesmo destino estava muito próximo deles. No dia seguinte, foi a vez de Koona, e agora só sobravam cinco: Joe, cansado demais para ser perigoso; Pike, aleijado e coxeando, semi-inconsciente, e sem consciência suficiente para fingir-se de doente e poupar as forças; Sol-leks, de um olho só, ainda fiel ao trabalho dos tirantes e da trilha, e desapontado por estar com tão pouca força para puxar; Teek, que não tinha viajado naquele inverno tanto quanto os outros e que agora apanhava mais do que todos, porque era o novato; e Buck, ainda na testa da matilha, mas que não cuidava mais da disciplina nem sequer se importava com ela, cego de fraqueza a metade do tempo e apenas mantendo-se na trilha por divisar-lhe os contornos indistintos e pelo tato amortecido de suas pisadas.

Fazia um lindo tempo primaveril, mas nem os cães nem os humanos o percebiam. A cada dia o sol nascia mais cedo e se punha mais tarde. A aurora raiava às três da madrugada e o crepúsculo permanecia até as nove da noite. Durante todo o longo dia, o sol brilhava intensamente. O silêncio espectral do inverno dera lugar ao grande murmúrio primaveril da vida que despertava. Este murmúrio surgia de toda a terra, pleno da alegria de viver. Provinha dos seres que viviam e se moviam novamente, coisas que haviam permanecido meses como se estivessem mortas e que não se haviam movido durante os longos meses do gelo. A seiva erguia-se pelos troncos e galhos dos pinheiros. Os salgueiros e as faias estavam explodindo em botões. Os arbustos e trepadeiras se adornavam de novas guirlandas verdes. Os grilos cantavam durante a noite e, enquanto durava o dia, todo o tipo de insetos e animais rastejantes ou trepadores produzia pequenos ruídos e lampejos à luz do sol. As perdizes e pica-paus gritavam e batiam nas cascas das árvores da floresta. Os esquilos conversavam, os pássaros cantavam e bem acima grasnavam os patos e marrecos selvagens que vinham do Sul em formações habilidosas que cortavam mais facilmente os ares.

Das ladeiras de todas as colinas ouvia-se o murmúrio de águas correntes e a música de fontes invisíveis. Todas as árvores estavam degelando, esticando-se e estalando. O rio Yukon esforçava-se para quebrar o gelo que o acorrentava. Comia os blocos de gelo de baixo para cima, enquanto o sol os derretia na parte superior. Formavam-se buracos por onde penetrava o ar morno, fendas apareciam de repente e iam-se alargando, enquanto finas fatias da cobertura de gelo escorregavam e caíam inteiras dentro da água. E de permeio a toda esta explosão de vida, enquanto a terra se rasgava e palpitava com o despertar de seus habitantes, sob o sol brilhante e através das brisas que suspiravam baixinho em seus ouvidos, tais como viajantes que caminhavam para a morte, arrastavam-se os dois homens, a mulher e os últimos dos *huskies*.

Com os cães fraquejando, Mercedes chorando e insistindo em viajar sentada no trenó, Hal proferindo pragas inúteis e os olhos de Charles lacrimejando tristemente, eles manquitolaram até chegar ao acampamento de John Thornton na embocadura do rio Branco. Quando pararam, os cães caíram ao solo como se tivessem morrido. Mercedes secou os olhos e voltou-os na direção de John Thornton. Charles sentou-se em um tronco para descansar.

Sentou-se muito lenta e dolorosamente, porque todas as suas juntas estavam enrijecidas. Somente Hal falou. John Thornton estava tirando as últimas aparas de um cabo de machado que tinha fabricado com uma vara de vidoeiro. Ele cortava as pequenas lascas e escutava, respondia em monossílabos e dava conselhos concisos quando estes eram solicitados. Ele conhecia bem gente dessa "laia", e portanto achava perda de tempo dar conselhos que tinha certeza de que não seriam mesmo seguidos.

– Eles nos disseram lá na costa que o fundo da trilha estava caindo com o degelo e que era melhor que esperássemos pelo verão – disse Hal, em resposta ao aviso de Thornton para não se arriscarem mais sobre o gelo que estava derretendo. – Eles nos disseram que não íamos conseguir chegar nem ao rio Branco, e aqui estamos – completou, com um tom zombeteiro de triunfo na voz.

– Pois lhe disseram a verdade – respondeu John Thornton. – Provavelmente a trilha vai afundar a qualquer momento. Somente tolos, com a sorte cega dos tolos, teriam se aventurado até aqui. Vou lhes falar francamente, eu não arriscaria a minha carcaça nesse gelo nem por todo o ouro do Alasca.

– Suponho que esteja dizendo que você não é um tolo – disse Hal. – Seja como for, nós vamos até Dawson – afirmou, enquanto desenroscava o chicote. – Levante aí, Buck! Vamos! Levante logo! Avante! Vamos marchar!

Thornton continuou a alisar o cabo de seu machado. Sabia que era inútil se intrometer entre um louco e sua loucura: e, no final das contas, dois ou três bobalhões a mais ou a menos não iam alterar a ordem natural das coisas.

Todavia, a matilha não se ergueu ante a voz de comando. Há muito tempo já naquele estágio em que somente se levantaria à custa de golpes. O chicote relampejou aqui e ali em sua impiedosa missão. John Thornton apertou os lábios. Sol-leks foi o primeiro a erguer-se sobre as patas. Teek foi o segundo. A seguir Joe, ladrando de dor. Pike esforçou-se penosamente. Caiu duas vezes ao tentar levantar-se e só conseguiu na terceira tentativa. Buck nem sequer fez um esforço. Ficou deitado imóvel onde tinha caído. O açoite mordeu-o várias vezes, mas ele nem gemeu nem lutou. Diversas vezes Thornton abriu a boca, como se fosse falar, mas mudou de ideia. Seus olhos ficaram úmidos e, enquanto prosseguiam, ergueu-se e começou a caminhar de um lado para o outro.

Era a primeira vez que Buck falhava, razão suficiente para lançar Hal em um acesso de raiva. Largou o chicote e pegou o porrete de costume. Buck recusou-se a se mover, mesmo sob a chuva de golpes mais pesados que tombava sobre ele. Como seus companheiros, ele mal era capaz de se erguer, mas diferentemente deles, tinha tomado a decisão de não se levantar. Ele experimentava uma vaga sensação de perigo iminente. Esta premonição já era muito forte quando ele parara à beira da estrada, e não havia absolutamente diminuído. Sentindo o gelo fino e carcomido pelo degelo sob seus pés durante todo o dia, pareceu-lhe perceber o desastre que os esperava no gelo à frente, bem no caminho que seu amo tentava forçá-lo a seguir. Recusou-se a se mexer. Já havia sofrido tanto e estava tão perto do fim que os golpes não doíam mais. E enquanto estes continuavam a cair-lhe sobre o lombo, a pequena centelha que ardia dentro dele bruxuleou e apagou-se. Estava praticamente morto. Sentia-se estranhamente amortecido. Percebia estar sendo espancado, mas era como se assistisse aos golpes de uma grande distância. As últimas sensações de dor o deixaram. Já não sentia mais nada, embora pudesse escutar bem de leve o impacto do porrete sobre seu corpo. Só que não era mais seu corpo, de tão distante que parecia.

E então, subitamente, sem aviso, emitindo um grito inarticulado que se parecia mais com o urro de um animal, John Thornton saltou sobre o homem que brandia o porrete. Hal foi jogado para trás, como se tivesse sido atingido pelos galhos de uma árvore tombando. Mercedes gritou. Charles contemplou a cena de uma forma vaga, limpou os olhos lacrimejantes, mas nem chegou a erguer-se, de tão duras que estavam suas articulações.

John Thornton parou em frente a Buck, lutando para controlar-se, sua cólera tão forte que mal conseguia falar.

– Se você bater outra vez nesse cão, eu vou matá-lo – conseguiu proferir finalmente em uma voz sufocada.

– O cachorro é meu – replicou Hal, limpando o sangue de sua boca enquanto retornava. – Saia do meu caminho ou acabo com você. Eu vou até Dawson.

Thornton permaneceu entre ele e Buck, sem demonstrar a menor intenção de sair do caminho. Hal sacou sua longa faca de caçador. Mercedes gritou, chorou, riu e manifestou todos os sintomas de uma histeria total e absoluta. Thornton bateu nas juntas dos dedos de Hal com o cabo do machado, derrubando a faca no chão. Bateu-lhe na mão uma segunda vez, quando ele se abaixou e tentou recuperá-la. Então curvou-se, apanhou-a ele mesmo, e com dois golpes certeiros, cortou os tirantes de Buck.

Hal não tinha mais ímpeto para lutar. Além disso, suas mãos estavam ocupadas com sua irmã, ou antes, seus braços; ademais, Buck estava morto ou praticamente morto, e não lhe serviria mais para puxar o trenó. Alguns minutos mais tarde, eles desceram da margem e retomaram a viagem sobre o gelo semiderretido que ainda recobria o curso do rio. Buck escutou o ruído da partida e ergueu a cabeça para ver. Pike estava na dianteira, Solleks junto ao trenó, e entre eles moviam-se Joe e Teek. Todos manquejavam e tropeçavam. Mercedes continuava sentada dentro do trenó carregado. Hal era puxado em pé, junto à trave do leme, e Charles cambaleava atrás deles, fechando o cortejo.

Enquanto Buck os contemplava, Thornton ajoelhou-se ao lado dele e, com mãos calosas mas gentis, examinou seu corpo em busca de ossos partidos. Quando sua pesquisa não revelou nada mais que muitos inchaços e feridas e as condições terríveis provocadas pela fome, o trenó já estava a uns quatrocentos metros de distância. Cão e homem ficaram olhando enquanto ele se arrastava ao longo do gelo. Subitamente, viram a parte traseira afundar, como se tivesse caído em uma valeta de estrada e a trave do leme sacudiu-se no ar, enquanto Hal se agarrava firmemente a ela. O grito de Mercedes chegou-lhes aos ouvidos. Viram Charles girar nos calcanhares e dar um passo para trás, tentando fugir, mas então um grande pedaço do gelo cedeu e tanto os cães como os humanos desapareceram nas águas geladas do rio. Só restou um enorme buraco aberto. O fundo da trilha tinha desabado.

John Thornton e Buck fitaram-se nos olhos.

– Pobre diabo... – murmurou John Thornton, enquanto Buck lambia-lhe a mão.

VI
Pelo amor de um homem

Quando John Thornton congelou os pés no mês de dezembro do ano anterior, seus sócios o deixaram confortavelmente instalado no acampamento a fim de curar-se, enquanto subiam o rio para preparar uma jangada de troncos serrados que os conduzisse até Dawson. Ele ainda mancava um pouco quando resgatou Buck, mas à medida que a temperatura subia e o clima se mantinha agradável, até esse leve mancar parou. E ali, deitado à margem do rio durante os longos dias da primavera, contemplando a água corrente, escutando preguiçosamente as canções dos pássaros e o zumbido da natureza, Buck foi lentamente recuperando a antiga força.

O repouso faz muito bem depois de se viajar quase cinco mil quilômetros, e deve-se confessar que Buck foi ficando preguiçoso à medida que suas feridas se curavam, seus músculos se arredondavam e a carne tornava a cobrir-lhe os ossos. De qualquer modo, todos estavam entregues à preguiça – Buck, John Thornton, Skeet e Nig – enquanto esperavam que viesse a jangada que deveria levá-los até Dawson. Skeet era uma pequena cadela *setter* irlandesa[34] que desde o começo fez amizade com Buck, o qual, em sua condição moribunda, não foi capaz de recusar suas primeiras tentativas de aproximação. Ela tinha aquele instinto de enfermeira que possuem alguns cães e

---

34. Os *Irish setters* são uma linhagem de cães desenvolvida a partir de 1866 para a caça de aves, semelhantes aos *setters* ingleses, porém com o pelo castanho-avermelhado, liso e sedoso, de comprimento médio, um pouco mais longo nas patas e na cola. (N.T.)

assim, do mesmo modo que uma gata lava seus gatinhos com a língua, ela lavava e limpava as feridas de Buck. Regularmente, todas as manhãs depois que ele fazia sua refeição, ela executava a tarefa que impusera a si própria, até que ele começou a aguardar seu tratamento com a mesma ansiedade que esperava os curativos de Thornton. Nig, igualmente amigável, embora menos demonstrativo, era um imenso cão negro, meio *bloodhound* e meio *deerhound*, com olhos sorridentes e uma amabilidade que não conhecia limites.[35]

Para surpresa de Buck, estes cães não manifestaram o menor ciúme em relação a ele. Pareciam dispostos a repartir a bondade e generosidade de John Thornton. À medida que Buck foi ficando mais forte, eles o atraíram para todo tipo de brincadeira ridícula, das quais o próprio Thornton não se furtava de participar; e desta forma, Buck irrompeu de sua convalescença e entrou em uma nova vida. Era a primeira vez que sentia amor, um amor genuíno e apaixonado. Era uma coisa que não tinha experimentado nem na casa do juiz Miller, no ensolarado vale de Santa Clara. Com os filhos do juiz, sempre caçando ou se aventurando pelas matas, tinha sido uma sociedade comercial; para os netos do juiz ele tinha sido uma espécie de guardião imponente; e seu relacionamento com o próprio juiz tinha sido o de uma amizade digna e altiva. Porém um amor febril e apaixonado, uma adoração que chegava às raias da loucura somente havia sido despertada por John Thornton.

---

35. Os *bloodhounds* são grandes galgos europeus, conhecidos desde 1818, notáveis pela agudeza do faro (especialmente para farejar sangue) e persistência na caça. Os *deerhounds* foram desenvolvidos há muitos séculos na Escócia, com o aspecto geral de um galgo comum, porém mais altos e robustos e com o pelo espesso e áspero, empregados particularmente nas caçadas a gamos e veados. (N.T.)

Este homem tinha salvo sua vida, e isto já era bastante; mas, além disso, era o amo ideal. Outros homens cuidavam do bem-estar de seus cães por um senso de dever ou por interesse material; ele tratava dos seus como se fossem seus próprios filhos, porque esta era sua natureza e não podia deixar de agir assim. E percebeu ainda outra coisa. Ele nunca esquecia uma saudação gentil ou uma palavra de encorajamento, e quando sentava-se a conversar longamente com eles (para "bater papo", como ele dizia), demonstrava sentir o mesmo prazer que os cães. Tinha um jeito de segurar a cabeça de Buck entre as mãos, com um carinho meio abrutalhado, e de descansar a própria cabeça sobre a do cachorro, sacudindo-o para a frente e para trás, enquanto proferia uma série de impropérios que o animal percebia serem palavras de amor. Buck não conhecia alegria maior que aqueles abraços violentos e o som murmurado de longas imprecações; cada vez que era sacudido para frente e para trás, parecia-lhe que o coração lhe seria arrancado do peito, de tão grande que era seu êxtase. E quando era liberado e saltava novamente sobre as patas, sua boca sorridente, seus olhos eloquentes, sua garganta vibrante de sons impronunciados, e permanecia assim imóvel diante dele, John Thornton exclamava com reverência:

– Meu Deus! Até parece que você fala!

Buck tinha uma maneira peculiar de expressar o seu amor que era quase uma agressão. Muitas vezes abocanhava a mão de Thornton tão ferozmente que a carne conservava a marca de seus dentes por um bom tempo depois que a havia largado. E do mesmo modo que Buck entendia os impropérios do amo como palavras de amor, o homem entendia que esta mordida falsa era uma demonstração de carinho.

Entretanto, na maior parte do tempo, o amor de Buck era expressado através de uma adoração transparente. Embora ele ficasse louco de felicidade cada vez que Thornton o tocava ou falava com ele, não buscava estas demonstrações de ternura. Diversamente de Skeet, que gostava de enfiar o focinho na mão de Thornton e se esfregava sem parar até que o dono lhe alisasse o pelo, ou Nig, que caminhava até onde ele estava sentado e descansava sua grande cabeça sobre os joelhos do homem, Buck se contentava em adorá-lo a distância. Ele ficava deitado durante horas aos pés de Thornton, alerta e cheio de entusiasmo, contemplando-lhe o rosto demoradamente, estudando-lhe as feições, seguindo com o maior interesse cada expressão fugidia, cada movimento e mudança de seus traços. Em outras ocasiões, deitava-se a uma maior distância, de um dos lados ou atrás dele, observando a silhueta do homem e os movimentos ocasionais de seu corpo. Frequentemente – tal era a comunhão em que viviam –, a força do olhar de Buck atraía o olhar de John Thornton, que voltava a cabeça e devolvia a contemplação, sem falar, mas com os sentimentos brilhando em seus olhos, tal como no olhar de Buck.

Por muito tempo após seu resgate, Buck não queria que Thornton saísse de sua vista. A partir do momento em que ele saía da tenda até a hora que se recolhia de novo, Buck seguia junto a seus calcanhares. A rapidez com que trocara de amo desde que chegara às terras do Norte tinha feito nascer dentro dele um medo de que não houvesse um senhor permanente. Tinha medo de que Thornton saísse de sua vida como tinha acontecido com Perrault, François e o mestiço escocês. Mesmo à noite, durante seus sonhos, era perseguido por este terror. Em ocasiões como esta, ele afastava o sono com um safanão e caminhava lentamente através do vento frio até a lona que fechava a tenda, onde ficava parado por um longo tempo a escutar o ressonar de seu amo.

Mas a despeito deste grande amor que votava a John Thornton, que parecia denunciar a influência da civilização e do conforto, o vigor primitivo que as terras setentrionais tinham feito brotar dentro dele permanecia tão vivo quanto ativo. Ele conservava a fidelidade e a devoção, coisas nascidas do fogo e do teto. Porém mantinha sua selvageria e sua astúcia instintiva. Era uma criatura das regiões selvagens, saído das florestas para sentar-se ao lado da fogueira de John Thornton, e não um cachorro domado das terras dadivosas do Sul, marcado por gerações incontáveis de civilização. Devido a seu grande amor por ele, jamais poderia roubar deste homem, porém de qualquer outro homem, em qualquer outro acampamento, ele não hesitava um instante, embora a esperteza com que realizava seus furtos lhe permitisse sempre escapar de um flagrante.

Sua cara e seu corpo estavam cheios de cicatrizes deixadas pelos dentes de muitos cães, e ele brigava tão ferozmente como antes, e com mais sagacidade. Skeet e Nig eram afáveis demais para envolverem-se em uma briga – além disso, pertenciam a John Thornton; mas os cães estranhos, não importava sua raça ou coragem, rapidamente aceitavam a supremacia de Buck ou eram forçados a lutar pelas próprias vidas contra um terrível antagonista. E Buck era totalmente desprovido de misericórdia. Tinha aprendido muito bem a lei do porrete e das presas e nunca desprezava uma vantagem ou perdoava um adversário que havia jogado no caminho da Morte. Tinha aprendido suas lições com Spitz e com os maiores lutadores da polícia e dos comboios de correios e sabia muito bem que não havia um curso intermediário. Tinha de dominar ou ser dominado, e demonstrar piedade era considerado uma prova de fraqueza. A misericórdia não tinha lugar na vida primitiva. Era interpretada erroneamente como sinal de medo e este tipo de incompreensão levava à morte. Matar ou ser morto, comer ou ser comido, essa era a lei; e ele obedecia a esta legislação que vinha das profundezas do Tempo.

Ele era muito mais velho que os dias que tinha vivido e as vezes que havia respirado. Unia o passado ao presente e a eternidade pulsava por trás dele e através dele em um ritmo poderoso ao qual obedecia, como obedecem as marés e as estações. Ele sentava-se junto ao fogo de John Thornton, um cão de peito largo, caninos brancos e pelo longo; mas por trás dele estavam os fantasmas de cães de todas as raças e de todas as índoles, cães mestiços com lobos e mesmo lobos totalmente selvagens, impelindo e incitando, provando o sabor da carne que ele comia, sedentos pela água que ele bebia, farejando o vento por suas narinas, escutando com seus ouvidos e ensinando-lhe o significado dos sons feitos pelo imenso coro da vida selvagem das florestas, ditando-lhe as disposições, dirigindo-lhe os atos, deitando-se para dormir com ele quando cerrava os olhos, sonhando com ele, marchando à frente de seus sonhos e tornando-se eles mesmos o material de que eram feitos.

Tão peremptoriamente estes espíritos lhe acenavam que a cada dia a humanidade e as pretensões humanas se afastavam para mais longe dele. Das profundezas da floresta soava um chamado; e com a mesma frequência que o escutava, misteriosamente emocionante e sedutor, sentia-se compelido a virar as costas à fogueira e à terra batida a seu redor e projetar-se para a floresta, correndo sempre em frente, não sabia para onde nem por quê; e nem ao menos imaginava para onde ir ou por que iria, de tão imperioso que era o chamado que vinha das profundezas das florestas. Mas com a mesma frequência, no momento em que pisava a terra macia e frouxa e chegava à proteção da sombra verde das árvores, seu amor por John Thornton o impelia de volta para junto do fogo.

Era somente Thornton que o prendia. O resto da humanidade tornara-se para ele o mesmo que nada. Os viajantes de passagem poderiam acariciá-lo ou fazer-lhe elogios, mas seu coração permanecia frio; e se um homem lhe multiplicava os agrados, ele se levantava e ia embora. Quando os sócios de Thornton, Hans e Pete, chegaram na jangada que haviam esperado por tanto tempo, Buck recusou-se a reconhecer sua presença até descobrir que eram íntimos de Thornton; a partir daí, passou a tolerá-los passivamente, condescendendo a aceitar pequenos favores deles como se fosse ele quem lhes prestava um obséquio. Eram do mesmo tipo físico que Thornton, homens grandes que viviam próximos à terra, com pensamentos simples e raciocínio claro; e antes que empurrassem a jangada para o grande remanso junto à serraria de Dawson, já compreendiam Buck e sua maneira de ser e não insistiam em uma intimidade tal como aquela que obtinham de Skeet ou de Nig.

Entretanto, seu amor por Thornton parecia crescer cada vez mais. Ele era o único homem que podia colocar um fardo sobre as costas de Buck durante as viagens de verão. Nada era grande nem difícil demais para Buck, quando a ordem vinha de Thornton. Um dia (eles haviam comprado alimentos e provisões com o dinheiro da venda da jangada e saído de Dawson por um afluente do Tanana),[36] os homens e os cães estavam sentados no topo de um rochedo que despencava direto para baixo até

---

36. O Tanana é um curso de água importante, com 764km de extensão, que percorre o leste e o centro do Alasca e flui para noroeste, indo desaguar no Yukon. (N.T.)

as rochas nuas noventa metros abaixo. John Thornton, sentado perto da beirada, com Buck ao seu lado. Um ideia insensata apoderou-se de Thornton e ele chamou a atenção de Hans e de Pete para a experiência que tinha em mente.

– Pule, Buck! – ordenou ele, estendendo o braço para a frente em direção ao abismo.

No momento seguinte, teve de lançar-se contra Buck e agarrar-se a ele justamente na beirada do precipício, enquanto Hans e Pete puxavam ambos de volta, em segurança.

– É inexplicável, – comentou Pete, depois que tudo tinha terminado e todos haviam recuperado o fôlego.

Thornton sacudiu a cabeça:

– Não. É esplêndido. E é terrível também. Sabem de uma coisa, certas vezes chego a ficar com medo...

– Não tenho a menor intenção de pôr a mão em cima de você enquanto esse bicho estiver por perto – anunciou Pete decididamente, fazendo um sinal com a cabeça na direção de Buck.

– Puxa fida! – foi a contribuição de Hans. – Eu tampém nem tento.

Foi em Circle City,[37] antes que o ano findasse, que os temores de Pete tornaram-se realidade. "Black" Burton, um homem malvado e de péssimo humor, estava puxando briga no bar com um imigrante recém-chegado, quando Thornton se meteu entre os dois e tentou cordialmente pôr fim à discussão. Buck, como de costume, estava deitado em um dos cantos do salão, a cabeça sobre as patas dianteiras, cuidando cada ato de seu amo. Burton

---

37. Acampamento mineiro, localizado inicialmente dentro de uma paliçada de forma circular, para proteção contra assaltos e feras (não contra os índios, que eram pacíficos nessa região). Chegou a gozar de uma certa importância, mas, com o fim da corrida do ouro, tornou-se uma cidade-fantasma. (N.T.)

deu-lhe um soco sem aviso, com toda a força do braço e do ombro. Thornton saiu girando e só não se estatelou no chão porque se agarrou ao corrimão do bar.

Aqueles que estavam presentes escutaram um som que não era nem latido nem ronco, mas antes algo que só puderam descrever como um rugido e viram o corpo de Buck erguer-se no ar em um único salto, enquanto se atirava à garganta de Burton. O homem somente se salvou porque instintivamente ergueu o braço, mas foi jogado contra o assoalho com Buck sobre o peito. Buck livrou os dentes da carne do braço do homem e tentou novamente atingir a garganta. Desta vez ele só conseguiu evitar parcialmente o ataque e sofreu um rasgão no pescoço. Então os fregueses em peso se jogaram sobre Buck e o arrancaram dali; mas enquanto um cirurgião estancava o sangramento, o cão marchava para frente e para trás, rosnando furiosamente, tentando aproximar-se de novo e apenas recuando porque lhe brandiam vários porretes. Uma "reunião de mineiros" convocada diretamente no local decidiu que o cão tivera motivo suficiente para o ataque, e Buck foi absolvido. Mas sua reputação estava feita e a partir dessa data seu nome foi pronunciado com admiração e respeito em todos os acampamentos do Alasca.

Mais tarde, no outono desse mesmo ano, ele salvou a vida de John Thornton de uma maneira bem diferente. Os três sócios estavam descendo à sirga[38] um barco longo e estreito propelido por meio de varas em um trecho de corredeiras perigosas no rio das Trinta Milhas. Hans e Pete moviam-se ao longo da beira do rio, soltando alguns

---

[38]. Sirga é um cabo com o qual a partir da margem se puxam ou se soltam lentamente os barcos ao longo de um trecho caudaloso de rio. O processo empregado é descrito no texto. Também pode servir para reboque de um navio no mar, por falta de vento ou devido à presença de bancos de areia ou recifes, caso em que é preso a um escaler remado pelos marinheiros. (N.T.)

metros de cada vez de uma corda fina de cânhamo que enroscavam de tronco em tronco e cuja ponta estava amarrada à embarcação, enquanto Thornton permanecia dentro do bote, ajudando a controlar a velocidade de descida por meio de uma vara empurrada contra o fundo do rio, enquanto gritava instruções para a margem. Buck, também em terra firme, preocupado e ansioso, mantinha-se à frente do barco, sem jamais afastar os olhos da figura de seu amo.

Em um ponto particularmente difícil, em que uma plataforma de rochas semissubmersas se projetava para fora do rio, Hans afrouxou a corda e enquanto Thornton controlava o barco com a vara ao longo da corrente, correu pela margem com a ponta na mão para enroscá-la em outro tronco de árvore, a fim de firmar a embarcação assim que tivesse passado a plataforma. O bote ultrapassou o obstáculo e já voava corrente abaixo, tão depressa como a água de uma calha de moinho, quando Hans interrompeu a corrida, só que a interrompeu rápido demais. O barco virou, girando em direção à margem com o fundo para cima, ao mesmo tempo que Thornton, que tinha sido derrubado e lançado às águas, era arrastado corrente abaixo, direto para a pior parte das corredeiras, uma extensão violenta de ondas agitadas em que nenhum nadador poderia sobreviver.

Buck saltou no mesmo instante e, depois de descer quase trezentos metros, no meio de um redemoinho de águas enlouquecidas, conseguiu ultrapassar Thornton. No momento em que sentiu-lhe as mãos agarradas à sua cola, Buck nadou para a margem, com toda a esplêndida energia que havia recuperado. Mas o progresso em direção à beirada era lento, enquanto o arrastão rio abaixo era espantosamente veloz. Um pouco além, escutava-se o rugido feroz das águas contra as pedras, onde a corrente selvagem tornava-se mais forte ainda e dividia-se em jatos de espuma que esguichavam entre as rochas que se salientavam no leito do rio como os dentes de um pente enorme. A sucção da água enquanto se lançava ao começo da última etapa íngreme antes do ponto fatal era apavorante e Thornton percebeu que era impossível alcançar a praia. Ele tentou furiosamente agarrar-se a uma rocha, bateu com o corpo contra uma segunda e caiu sobre uma terceira com uma força esmagadora. Desta vez, conseguiu agarrar-se sobre a superfície escorregadia com ambas as mãos, soltando o rabo de Buck, enquanto gritava o mais alto que podia, a fim de superar o clamor das águas agitadas:

– Vá embora, Buck! Vá embora!

Buck não conseguia mais suportar sequer o próprio peso, e foi varrido rio abaixo, lutando desesperadamente, mas incapaz de retornar. Quando escutou o comando repetido de Thornton, empinou-se para fora das águas, erguendo a cabeça e os ombros bem alto, como se quisesse lançar-lhe um derradeiro olhar, e então virou-se obedientemente na direção da margem. Nadou poderosamente e foi arrastado para cima por Pete e Hans, justamente no ponto em que nadar se tornava impossível e a destruição se fazia inevitável.

Todos sabiam que o tempo em que um homem poderia agarrar-se a uma rocha escorregadia sob a pressão daquela corrente caudalosa limitava-se a alguns minutos, e assim correram o mais depressa que podiam ao longo da margem, na direção oposta ao fluxo das águas, até um ponto bem acima daquele em que Thornton se abraçava à pedra. Amarraram o cabo que estavam usando para sirgar o barco ao redor do pescoço e dos ombros de Buck, cuidando para que ela nem o estrangulasse nem lhe impedisse de nadar e o lançaram de volta à corrente. Ele nadou corajosamente, mas não conseguiu manter a direção certa porque foi desviado pelas águas. Só descobriu o erro tarde demais, ao divisar Thornton a seu lado, apenas a meia dúzia de braçadas, mas impossível de alcançar, porque estava sendo arrastado para além dele.

Hans prontamente interrompeu-lhe o avanço com a corda, como se Buck fosse um barco. Mas no momento em que o cabo se esticou contra ele, foi arrastado para baixo da superfície pela força das águas e permaneceu submerso até que seu corpo bateu contra a margem e os homens conseguiram puxá-lo de volta. Estava quase afogado, e Hans e Pete lançaram-se sobre ele, fazendo os movimentos necessários para que vomitasse a água e voltasse a respirar. Ergueu-se sobre as patas, cambaleou e caiu. Mas o som fraco da voz de Thornton chegou-lhes aos ouvidos e, embora não conseguissem entender as palavras, perceberam que ele estava no fim de suas forças. A voz de seu amo agiu sobre Buck como um choque elétrico. Ergueu-se de um salto e correu pela margem à frente dos homens até o ponto de que partira anteriormente.

Novamente o cabo foi amarrado com segurança a seu corpo e ele foi lançado às águas, e novamente ele nadou, só que desta vez seguiu reto através da corrente. Tinha calculado mal da primeira vez, mas não seria culpado do mesmo erro de novo. Hans foi desenrolando a corda, sem permitir que afrouxasse, enquanto Pete a esticava para que não se enroscasse. Buck aguentou firme contra o fluxo das águas, até se encontrar justamente em uma linha reta acima de Thornton; então voltou-se e com a velocidade de um trem expresso atirou-se sobre ele. Thornton viu-o aproximando-se e, quando Buck bateu nele como um aríete, toda a força da corrente a impulsioná-lo, soltou os braços da rocha e fechou-os ao redor do pescoço peludo. Hans firmou o cabo com o apoio do tronco em que estava enroscado e Buck e Thornton foram puxados para dentro d'água. Estrangulados, sufocados, às vezes um por cima, às vezes o outro, arrastados contra os calhaus pontiagudos do fundo do rio, batendo contra pedras e troncos encalhados, moveram-se lentamente em direção à margem.

Thornton voltou a si com a barriga para baixo, enquanto era balançado violentamente por Hans e Pete contra um tronco flutuante retirado da água. Seu primeiro olhar foi à procura de Buck, sobre cujo corpo imóvel e aparentemente sem vida Nig estava uivando, enquanto Skeet lambia a face úmida e os olhos fechados. O próprio Thornton estava cheio de feridas e inchaços, mas examinou cuidadosamente o corpo de Buck depois que ele foi despertado, encontrando três costelas quebradas.

– Bem, está decidido – anunciou. – Vamos acampar aqui mesmo.

E permaneceram acampados até que as costelas de Buck se soldaram e ele se tornou capaz de viajar novamente.

Naquele inverno, em Dawson, Buck realizou outra proeza, talvez não tão heroica, mas que colocou seu nome muitos cortes acima no totem da fama alascana.[39] Esta proeza agradou particularmente aos três homens, porque tinham necessidade dos artigos que ela tornou possível obter e assim puderam realizar uma viagem desejada há muito tempo até as terras virgens do Leste, em que os mineiros ainda não se haviam estabelecido. Foi o resultado de uma conversa no Eldorado Saloon, em que diversos homens se gabavam de seus cães favoritos. Buck, devido

---

39. Pilar de madeira com figuras esculpidas e pintadas representando incidentes reais ou imaginários da vida dos antepassados de uma família de índios do noroeste da América do Norte. Totem (da palavra Ojibwa, *ototeman*) é um objeto, geralmente uma carranca, animal ou planta que serve de emblema para uma família. No texto é empregado no sentido figurado, indicando ordem de hierarquia ou de importância, porque os diversos elementos são superpostos no pilar de acordo com sua relevância. (N.T.)

à sua fama, tornara-se o alvo predileto desses homens, e Thornton foi obrigado a defendê-lo vigorosamente. Depois de meia hora de conversa, um homem declarou que seu cão podia mover um trenó carregado com duzentos e vinte e cinco quilos e ainda sair puxando sozinho. Imediatamente, um segundo afirmou que o seu cão puxava duzentos e setenta quilos, e um terceiro jurou ter um cachorro capaz de puxar trezentos e quinze.

– Isso não é nada... – zombou John Thornton, entrando no jogo. – Buck pode mover quatrocentos e cinquenta quilos.

– Mover, tudo bem. Mas consegue sair puxando a carga por cem metros? – quis saber Matthewson, um dos mineiros mais bem-sucedidos, o mesmo que tinha afirmado que seu cão movia trezentos e quinze quilos.

– Consegue mover e puxar sozinho por um percurso de cem metros – assentiu John Thornton friamente.

– Bem – disse Matthewson, lenta e deliberadamente, a fim de que todos pudessem escutar. – Eu tenho mil dólares que afirmam que ele não consegue. Estão bem aqui! – acrescentou, batendo no balcão com um saco de ouro em pó do tamanho de um salsichão.

Ninguém falou. O blefe de Thornton, se é que era um blefe, ia ser desmascarado. Ele sentiu um fluxo de sangue quente subir-lhe ao rosto. Sua língua o havia traído. Ele não fazia a menor ideia se Buck era capaz de arrastar quatrocentos e cinquenta quilos. Era quase meia tonelada! A imensidade do peso deixou-o apavorado. Tinha grande fé na força de Buck e frequentemente havia pensado que ele fosse capaz de puxar uma carga dessas; mas nunca tinha enfrentado realmente essa possibilidade, como agora era obrigado a enfrentar. Os olhos de uma dúzia de homens estavam fixos nele, silenciosos e à espera. O pior é que ele não tinha mil dólares, muito menos Hans e Pete.

– Eu tenho um trenó estacionado lá fora, carregado com vinte sacos de vinte e dois quilos e meio de farinha cada um – prosseguiu Matthewson, com insistência brutal. – Portanto, nem precisa se incomodar em carregar o seu.

Thornton não respondeu. Não sabia o que dizer. Olhou de rosto para rosto com aquela expressão ausente de um homem que perdeu a capacidade de pensar e lança a vista ao redor em busca de alguma coisa que reinicie o processo. Seu olhar foi atraído pelo rosto de Jim O'Brien, seu camarada de longa data e um rei do ouro ainda melhor sucedido que Matthewson. Foi como se lhe dessem uma pista, que o incitou a fazer algo com que nem teria sonhado em outras circunstâncias.

– Você pode me emprestar mil dólares? – perguntou, quase sussurrando.

– Claro – respondeu O'Brien, atirando um saco estufado sobre o balcão, ao lado da bolsa de Matthewson. – Mas não levo muita fé, John, de que esse animal possa executar a proeza.

O Eldorado esvaziou-se, enquanto seus ocupantes saíam para a rua a fim de assistir ao teste. As mesas ficaram desertas e os carteadores e banqueiros saíram para ver o resultado do tira-teima e coletar apostas. A notícia se espalhou e logo várias centenas de homens, usando casacos de pele e luvas pesadas, reuniram-se ao redor do trenó, dando distância suficiente para os participantes. O trenó de Matthewson, carregado com quatrocentos e cinquenta quilos de farinha, estava estacionado em frente ao bar há mais de duas horas e, com o frio intenso (dezoito graus abaixo de zero), as hastes do trenó tinham congelado e estavam grudadas na neve endurecida. Os homens apostavam dois contra um como Buck não poderia sequer mover o trenó. Surgiu uma disputa quanto ao significado de "mover o trenó". O'Brien insistia que era privilégio de Thornton sacudir o trenó até que as hastes quebrassem a película de gelo e afrouxassem, deixando que Buck "o movesse" a partir do ponto em que se achava. Matthewson afirmava que a aposta incluía quebrar à viva força o gelo que prendia as hastes ao punho congelado da neve por meio de um puxão. A maioria dos homens que havia assistido à aposta decidiu em seu favor e a partir daí as apostas subiram para três a um contra Buck. Mas não havia apostadores. Nem um só homem acreditava que ele fosse capaz de realizar o feito. Thornton tinha sido pego desprevenido quando se apressara a aceitar a aposta e ele mesmo estava cheio de dúvidas; e agora, olhando diretamente para o trenó, para o fato concreto, com a matilha regular de dez cães enroscada na neve em frente a ele, tanto mais impossível parecia a tarefa. Matthewson estava jubilante. – Três a um! – proclamou ele. Aposto com você mais mil dólares nessa base, Thornton. Então, o que você me diz?

As dúvidas de Thornton eram reveladas claramente pela expressão de seu rosto, porém seu espírito de luta foi despertado – aquela disposição para o combate que paira acima das possibilidades, que deixa de reconhecer o impossível e que torna surdo para tudo exceto o clamor da batalha. Chamou Hans e Pete para perto dele. Suas bolsas eram magras, e juntando com o que ele mesmo tinha, os três sócios apenas conseguiram reunir duzentos dólares. Estando em um período de má sorte, esta soma era todo o seu capital; e, todavia, apostaram-no sem hesitações contra seiscentos dólares de Matthewson.

A matilha de dez cães foi desatrelada e Buck, usando os próprios arreios, foi preso ao trenó. Tinha sido contagiado pelo entusiasmo de todos e percebia de uma forma vaga que esta era a ocasião de realizar um grande feito em favor de John Thornton. Murmúrios de admiração por sua esplêndida aparência começaram a correr de boca em boca. Estava em perfeitas condições, sem um grama de carne supérflua, enquanto os sessenta e oito quilos que pesava agora eram compostos de energia e masculinidade. Seu pelo grosso e longo reluzia com o brilho da seda. Sua juba, que descia do pescoço até os ombros, mesmo em repouso se eriçava um pouco e parecia erguer-se a cada movimento de seu corpo, como se o excesso de vigor tornasse cada fio ativo e vivo. Seu peito largo e as grossas patas dianteiras estavam em perfeita proporção com o resto de seu arcabouço, em que os músculos apareciam em grandes novelos perfeitamente visíveis por baixo do couro. Alguns homens tocaram-lhe os músculos e os proclamaram duros como ferro; imediatamente as apostas começaram a baixar para dois por um.

– Meu Deus, senhor! Meu Deus, senhor! – gaguejou um membro da última dinastia de reis garimpeiros, que faiscara nas Lavras de Skookum. – Eu lhe ofereço oitocentos dólares por ele, senhor, antes do teste; oitocentos assim do jeito que ele está.

Thornton sacudiu a cabeça e caminhou para o lado de Buck.

– Ah, não, você tem de ficar longe dele – protestou Matthewson. – Jogo limpo e bastante espaço em volta dele.

A turba fez silêncio: a única coisa que se podia escutar eram as vozes dos jogadores profissionais que ofereciam dois por um sem que ninguém aceitasse. Todos reconheciam que Buck era um animal magnífico, mas vinte sacos de farinha com vinte e dois quilos e meio cada um formavam um volume grande demais a seus olhos para que afrouxassem os cordões das bolsas.

Thornton ajoelhou-se ao lado de Buck. Tomou-lhe a cabeça entre as mãos e encostou o rosto na cara do animal. Desta vez não o sacudiu de brincadeira, como era seu costume, nem murmurou as habituais palavras de carinho. Somente murmurou em seu ouvido: "Pelo seu amor por mim, Buck. Pelo seu amor por mim". E Buck gemeu de entusiasmo reprimido.

A multidão estava observando curiosamente. O negócio estava ficando misterioso. Parecia uma espécie de feitiço. No momento em que Thornton se pôs em pé, Buck segurou-lhe a mão enluvada entre as mandíbulas, apertando-a com os dentes, e depois soltando-a lentamente, como se relutasse. Era sua resposta, não em termos de palavras, mas de amor. Thornton deu vários passos para trás.

– Agora, Buck – falou tranquilamente.

Buck repuxou os tirantes e então afrouxou-os vários centímetros. Era assim que ele tinha aprendido a puxar uma carga pesada.

– Força à direita! – soou a voz de Thornton, muito aguda no silêncio nervoso.

Buck balançou para a direita, completando o movimento com um mergulho da cabeça que esticou a parte que tinha deixado frouxa e que, num súbito movimento convulsivo, engajou seus sessenta e oito quilos. A carga tremeu e um ruído seco e crepitante subiu desde as hastes enregeladas contra a neve do solo.

– Força à esquerda! – comandou Thornton.

Buck duplicou a manobra, desta vez para a esquerda. O som crepitante transformou-se em uma série de estalos, enquanto o trenó iniciava um movimento giratório e as hastes deslizavam com um som rascante vários centímetros para a esquerda. O trenó tinha sido "quebrado", isto é, separado da camada de gelo que o prendia ao solo. Os homens prenderam a respiração sem perceber, de tão concentrados que estavam na cena.

– Agora, MARCHE!

O comando de Thornton estalou como um tiro de pistola. Buck jogou-se para a frente, esticando os tirantes do trenó com um puxão que sacudiu a carga com um ruído estridente. Seu corpo inteiro concentrou-se compactamente no tremendo esforço, os músculos se retorcendo e enovelando como se tivessem vida própria, visíveis aos olhos de todos sob o pelo sedoso. Seu grande peito moveu-se rente ao chão, sua cabeça para a frente e para baixo, as patas puxando vigorosamente, as unhas riscando a neve endurecida em sulcos paralelos. O trenó balançou, tremeu e quase saiu do lugar. Uma de suas patas escorregou e um homem soltou um gemido alto. Então o trenó lançou-se para a frente no que pareceu uma rápida sucessão de trancos, embora nunca mais chegasse realmente a parar... um centímetro... três centímetros... cinco centímetros... Os safanões diminuíram perceptivelmente, à medida que o trenó ganhava impulso, começava a mover-se sem obstáculos e finalmente passava a deslizar firmemente.

Os homens engoliram em seco e começaram a respirar de novo, sem perceber que tinham parado por um instante. Thornton corria logo atrás, encorajando Buck com palavras curtas e alegres. A distância tinha sido marcada de antemão, e à medida que ele se aproximava da pilha de lenha que indicava o fim dos cem metros, as aclamações e gritos de entusiasmo começaram a crescer cada vez mais e explodiram em um rugido de admiração quando ele ultrapassou a lenha, parando somente ao receber a ordem. Todos os homens pulavam, saltavam e corriam, inclusive o próprio Matthewson. Chapéus e luvas de couro voavam pelo ar. Os homens apertavam aos mãos uns dos outros, não importa com quem, e falavam incoerentemente em uma confusão de vozes simultâneas.

Porém Thornton caiu de joelhos ao lado de Buck. Encostou sua cabeça na dele e o sacudiu sem cessar. Aqueles que se apressaram, ouviram-no dizer uma série de impropérios a Buck; e ele praguejou longa e ardentemente, em uma voz suave e cheia de amor.

– Meu Deus, senhor! Meu Deus, senhor! – tartamudeava o rei das Lavras de Skookum. – Eu lhe dou mil dólares por ele, senhor, mil dólares, senhor... mil e duzentos, senhor.

Thornton pôs-se em pé. Seus olhos estavam úmidos. Logo as lágrimas corriam francamente ao longo de suas faces.

– Senhor – disse ele ao rei das Lavras de Skookum. – Não, senhor. Pode ir para o inferno, senhor. Esta é minha melhor oferta, senhor.

Buck prendeu a mão de Thornton em seus dentes. Thornton sacudiu-o repetidas vezes. Como se estivessem animados pelo mesmo impulso, os homens que os cercavam recuaram a uma distância respeitosa e nenhum deles foi indiscreto o bastante para interrompê-los de novo.

VII
O som do chamado

Quando Buck ganhou mil e seiscentos dólares para John Thornton em cinco minutos de esforço, tornou possível para seu dono pagar certas dívidas antigas e fazer uma jornada com seus sócios para o Leste, em busca de uma fabulosa mina perdida, cuja história era tão antiga quanto a história do país. Muitos homens haviam buscado por ela, mas poucos a tinham encontrado; e bem mais que uns poucos foram os que nunca retornaram da busca. Esta mina perdida estava cercada de tragédias e amortalhada em mistério. Ninguém sabia quem fora o primeiro homem a encontrá-la. A tradição mais antiga se interrompia antes de chegar a seu nome. Desde o começo existia uma cabana antiga e arruinada. Homens moribundos tinham jurado tê-la visto e também encontrado a mina cujo local ela demarcava, confirmando seu testemunho com lingotes de ouro cuja qualidade era superior a de quaisquer outros encontrados nas Terras do Norte.[40] Mas nenhum homem vivo tinha saqueado esta sala de tesouros e os mortos estavam mortos; deste modo, Thornton, Pete e Hans, com Buck e meia dúzia de outros cães, dirigiram-se para Leste sobre uma trilha desconhecida a fim de obter o que homens

---

40. Esta viagem para leste destinava-se a algum ponto nos vastos territórios do Noroeste, na época praticamente inexplorados, entre o Yukon e a baía de Hudson, atravessados pela bacia do rio Mackenzie (1.802km desde o lago do Urso, ou 4.016km, se considerarmos os rios Finlay, Peace e Slave que se sucedem para desaguar no lago) e por inúmeras extensões lacustres, sendo as principais o Grande Lago do Urso, com 31.200km^2 e o Grande Lago do Escravo, com 29.042km^2. Até hoje escassamente povoados, embora extremamente ricos em minas de ouro, prata, cobre e urânio, sua capital é Yellowknife. (N.T.)

e cães tão bons quanto eles tinham deixado de conseguir. Deslizaram mais de cento e dez quilômetros ao longo do leito congelado do Yukon, dobraram para leste no rio Stewart, passaram o Mayo e o McQueston e prosseguiram em frente até que o próprio Stewart se transformasse em um riachinho, serpenteando ao redor dos picos imponentes que compõem a espinha dorsal do continente.[41]

John Thornton pedia pouco aos homens e à Natureza. Não tinha medo das regiões selvagens. Com um punhado de sal e um rifle, ele podia mergulhar nas vastidões e alimentar-se onde quer que quisesse e pelo tempo que lhe agradasse. Agindo sem pressa, à maneira dos índios, caçava seu jantar no transcurso das marchas diárias; e, se não encontrasse nada, também como os índios, continuava a jornadear, com plena certeza de que mais cedo ou mais tarde acharia alguma coisa. Assim, nesta grande jornada para o Leste, seu alimento normal era carne sem temperos, e a munição e ferramentas constituíam a parte principal da carga do trenó, enquanto seu prazo de chegada era o futuro ilimitado.

Para Buck, esta vida de caçadas, pescarias e passeios por lugares estranhos era um prazer infindável. Durante semanas a fio eles seguiam em frente, dia após dia; e depois, por muitas semanas acampavam, aqui e ali, e os cães vagabundeavam enquanto os homens escavavam a fogo a lama congelada até chegar ao cascalho e lavavam panelas incontáveis de areia junto ao calor da fogueira. Algumas vezes passavam fome, outras se banqueteavam

---

41. O Stewart é um rio canadense com 515km de extensão, que nasce no sul de Yukon, desce para o sul através da Colúmbia Britânica, sobe para o norte pelo sudoeste dos territórios do Noroeste e então percorre o centro do território de Yukon, fluindo para oeste até desaguar no rio Yukon. Os rios McQueston e Mayo são pequenos afluentes do Stewart. Na época em que foi escrita esta história, o estranho curso retorcido das cabeceiras do rio não era conhecido e acreditava-se que nascesse no leste, em alguma parte dos territórios do Noroeste. (N.T.)

ruidosamente, de acordo com a abundância dos animais e aves e a sorte das caçadas. Chegou o verão e homens e cães colocaram fardos às costas, cruzaram lagos azuis em jangadas improvisadas e desceram ou subiram por rios desconhecidos em canoas esguias fabricadas com os troncos da imensa floresta que os rodeava.

Os meses vieram e se foram, e eles vagaram sem rumo certo pelas vastidões ainda não mapeadas, onde não havia homens e, todavia, onde homens haviam estado, se as lendas sobre a Cabana Perdida fossem verdadeiras. Atravessaram as linhas divisórias de águas em meio às nevascas de verão, tremeram sob o sol da meia-noite[42] em montanhas desnudas entre a linha das florestas e as neves eternas, percorreram vales durante o verão no meio de nuvens de mosquitos e moscas, e nas sombras das geleiras apanharam morangos silvestres e flores tão belas e cheirosas como aquelas de que as Terras do Sul mais se orgulhavam. No outono desse ano eles penetraram em uma estranha região coberta de lagos, triste e silenciosa, onde as aves silvestres haviam estado durante o verão, mas na qual não havia mais vida animal nem sinal dessa vida – somente o soprar de ventos gélidos, a formação de gelo nos lugares mais abrigados e o esbater melancólico das ondas contra as praias solitárias.

E vagaram durante outro inverno sobre as trilhas obliteradas de homens que haviam passado por ali muitos anos antes. Certa feita descobriram um caminho aberto através da floresta, uma trilha muito antiga, e a Cabana Perdida pareceu estar muito próxima. Mas a senda começava em parte alguma e levava a lugar nenhum e permaneceu

---

42. Devido à inclinação do eixo da Terra que dá origem às estações do ano, nas regiões ártica e antártica o sol se levanta acima do horizonte durante o verão, brilhando fracamente durante toda a noite. Quanto mais próximo aos polos, tanto mais demorado é o período em que ocorre este fenômeno, equiparado no inverno pelas longas noites que duram o dia inteiro. (N.T.)

enigmática, como o nome do homem que a abrira, e as razões por que o fizera permaneceram um mistério. Em outra ocasião, descobriram as ruínas de uma cabana de caça, marcadas pela intempérie; e entre os farrapos de cobertores apodrecidos, John Thornton encontrou uma espingarda antiga de pederneira e cano longo. Reconheceu-a como sendo umas das armas distribuídas pela Companhia da Baía de Hudson[43] durante os primeiros anos da exploração do Noroeste, quando eram vendidas em troca de pilhas de pele de castor bem apertadas umas contra as outras, na mesma altura da espingarda colocada em pé, com o cabo encostado no chão. Porém isso era tudo – não havia a menor pista sobre o homem que havia erguido aquela cabana muitos anos antes e deixado a arma entre os cobertores.

A primavera retornou mais uma vez e no final de todos os seus meses de vida errante, encontraram, não a mina da Cabana Perdida, mas uma jazida rasa localizada em um vale amplo, em que o ouro brilhava como manteiga amarela contra o fundo das peneiras. Não procuraram mais. Cada dia em que trabalhavam naquela área, ganhavam milhares de dólares em lingotes e pó do ouro mais fino – e trabalhavam todos os dias. O ouro ia sendo guardado em sacas feitas de couro de alce, cada uma pesando cerca de vinte e cinco quilos, empilhadas como lenha do lado externo de seu abrigo improvisado com ramos de abeto. Labutavam como gigantes, os dias reluzindo atrás dos dias como outros tantos sonhos, enquanto iam acumulando aquele tesouro.

---

43. Criada em 1670 por Charles II (1630-1685, coroado rei da Inglaterra em 1660) com o nome pitoresco de "Companhia dos aventureiros ingleses que traficam na baía do Hudson", mudado várias vezes no decorrer dos anos, teve importante papel na exploração e povoamento do Canadá, embora sua motivação fosse principalmente comercial. Explorou as costas da baía de Hudson livremente, até a criação da "Companhia do Noroeste", em 1784. Estabeleceu-se uma forte rivalidade que se tornou em luta sangrenta de 1812 a 1821, data em que ambas se fundiram. (N.T.)

Não havia nada para os cães fazerem, exceto carregar de vez em quando a carne dos animais que Thornton abatia e, deste modo, Buck passava longas horas meditando junto ao fogo. A visão do homem cabeludo de pernas curtas lhe chegava com maior frequência, agora que havia poucas tarefas a cumprir. Muitas vezes, piscando junto ao fogo, Buck vagueava com esse homem naquele outro mundo que de algum modo se recordava.

A coisa mais constante desse outro mundo parecia ser o medo. Quando ele contemplava o homem cabeludo dormindo junto ao fogo, a cabeça entre os joelhos e as mãos crispadas ao redor da nuca, Buck percebia muito bem que ele dormia sem realmente repousar, assustando-se e acordando vezes sem conta, ocasiões em que contemplava temerosamente a escuridão e lançava mais madeira ao fogo. Quando caminhavam à beira da praia, onde o homem cabeludo apanhava mariscos que comia imediatamente, era com olhos que percorriam todas as redondezas em busca de perigos ocultos e com as pernas preparadas para correr como o vento caso algum surgisse. Através da floresta eles deslizavam sem barulho, Buck junto aos calcanhares do homem peludo; permaneciam alertas e vigilantes, todos dois, as orelhas se movendo e sacudindo, as narinas tremendo, porque o homem ouvia e farejava tão aguçadamente quanto Buck. O cabeludo podia trepar às árvores e movimentar-se sobre elas tão rapidamente como no solo, balançando-se de galho em galho com a força dos braços longos, dando saltos de até três metros e meio, soltando e agarrando, nunca errando, nunca deixando de segurar o ponto de apoio seguinte. De fato, parecia estar tão à vontade nas árvores como no chão; e Buck guardava recordações de noites de vigília junto ao pé das árvores em que seu amo se aninhara, agarrado aos galhos tão firmemente durante o sono como quando estava acordado.

Muito próximo às visões do homem peludo era o chamado que ainda soava das profundezas da floresta. Este apelo o enchia de grande inquietação e estranhos desejos. Fazia-o experimentar uma alegria doce e vaga e percebia despertarem dentro de si anseios selvagens cujo alvo não conseguia identificar. Algumas vezes, ele chegava a buscar o chamado dentro da floresta, procurando-o como se fosse uma coisa tangível, enquanto latia baixinho ou desafiadoramente, conforme a disposição do momento. Enfiava seu focinho no musgo fresco rente às arvores ou no solo negro sobre o qual crescia a erva alta e fungava de alegria ao farejar os cheiros variegados que subiam da terra; ou se acocorava durante horas, como se estivesse a esconder-se, por trás dos troncos recobertos de cogumelos das árvores tombadas, com os olhos e ouvidos bem abertos para tudo o que se movia ou soava a seu redor. Pode ser que, escondido imóvel deste jeito, esperasse surpreender o chamado que não conseguia identificar. Só que não sabia por que fazia todas estas coisas. Sentia-se impelido a praticá-las e absolutamente não indagava quais razões o compeliam.

Era tomado de irresistíveis impulsos. Às vezes estava deitado no acampamento, cochilando preguiçosamente ao calor do dia, quando sua cabeça se erguia de sopetão e suas orelhas se moviam atentas na escuta e então erguia-se de um salto e corria para longe, por horas e horas, ao longo dos corredores da floresta e através das clareiras em que cresciam mudas de cabeças-de-negro. Adorava correr pelos leitos secos de cursos de água e aproximar-se furtivamente para espionar a vida dos passarinhos da mata. Era capaz de permanecer um dia inteiro dentro da vegetação rasteira, de onde podia observar as perdizes estufando os peitos e caminhando orgulhosamente para cima e para baixo. Mas amava especialmente as corridas através dos crepúsculos opacos que eram acesos pelo sol da meia-noite nas noites de verão, durante as quais escutava os murmúrios contidos e sonolentos da floresta, lendo os sinais e os sons como um ser humano pode ler um livro, enquanto procurava aquela coisa misteriosa que emitia o chamado – que o chamava, todas as horas, dormindo ou acordado, para algum lugar que não sabia onde era.

Uma noite ele se acordou assustado, com olhos ansiosos, narinas farejando frementes, o pelo se eriçando em ondas sucessivas a percorrerem-lhe o corpo. Da floresta vinha o chamado (ou pelo menos uma nota dele, porque o apelo era como uma melodia de muitas notas) distinto e definido como nunca antes – um uivo longo e prolongado, parecido, mas diferente de qualquer ruído emitido por cão ou por *husky*. E ele o conhecia muito bem, daquela maneira antiga e familiar, como se fosse um som que tivesse escutado muitas vezes antes. Correu através do acampamento adormecido e, num silêncio veloz, lançou-se como um dardo através da mata. Mas à medida que se aproximava da origem do grito, começou a correr mais lentamente, a precaução revestindo cada movimento, até que chegou a um espaço aberto no meio das árvores e, observando sem se deixar ver, enxergou, ereto sobre as patas traseiras, com o focinho apontado para o céu, o corpo longo e magro de um lobo das florestas.

Não fizera o menor som, todavia o uivo cessou e o animal procurou identificar-lhe a presença. Buck entrou cautelosamente no espaço aberto, com o corpo meio rente ao solo, o corpo contraído compactamente como para um bote, a cauda reta e esticada, as patas descendo no chão com um cuidado fora do comum. Cada movimento anunciava uma mistura de ameaça e tentativa de amizade. Era a trégua ameaçadora que marca o encontro de bestas selvagens que vivem da caça. Porém o lobo fugiu assim que o avistou. Ele o seguiu, com saltos longos e selvagens, consumido pelo desejo de alcançá-lo. Perseguiu-o até um canal sem saída, no leito de um riacho, onde uma aglomeração de troncos e galhos barrava a passagem. O lobo virou-se imediatamente, girando nas patas traseiras do mesmo modo que faziam Joe e todos os *huskies* quando se sentiam encurralados, rosnando e eriçando o pelo, batendo com os dentes uns contra os outros em uma sucessão contínua e rápida de dentadas ameaçadoras que estalavam no ar.

Buck não o atacou, mas começou a fazer círculos em sua volta e a apertá-lo mais contra o obstáculo em suas tentativas de fazer amizade. O lobo estava amedrontado e cheio de suspeitas; porque Buck tinha três vezes o seu peso e sua cabeça mal chegava ao ombro do cão. Avistando uma oportunidade, passou correndo por ele como um dardo, e a perseguição recomeçou. Diversas vezes foi encurralado e a cena se repetiu, embora estivesse em más condições físicas, caso contrário Buck não o poderia estar ultrapassando com tanta facilidade. Ele corria até que a cabeça de Buck chegasse à altura de seu flanco e então girava bem depressa, como se fosse atacar, mas fugia de novo na primeira oportunidade.

Mas no final, a pertinácia de Buck foi recompensada; porque o lobo, percebendo que o estranho não pretendia lhe fazer mal, finalmente encostou o focinho no dele, farejando e sendo farejado. A partir desse ponto, travaram amizade e começaram a brincar um com o outro daquela maneira nervosa e meio tímida com que as bestas ferozes negam a sua ferocidade. Depois de algum tempo destas atividades, o lobo afastou-se em uma corrida lenta, de uma maneira que claramente demonstrava que pretendia ir a um ponto determinado. Deixou bem claro que Buck deveria acompanhá-lo e correram lado a lado através das sombrias horas que precedem o amanhecer, subindo o leito do regato, entrando na garganta de onde ele brotava e passando pelo penhasco soturno que ficava na parte mais elevada da torrente.

Na vertente oposta do divisor de águas, eles chegaram a um espaço plano, coberto por grandes extensões de floresta e cortado por muitos cursos de água; através destas grandes extensões correram ritmadamente, hora após hora, enquanto o sol subia mais alto no céu e o dia ficava mais quente. Buck sentia-se espantosamente feliz. Sabia que estava finalmente respondendo ao chamado, correndo ao lado de seu irmão das florestas em direção ao lugar de onde o chamado certamente provinha. Velhas lembranças retornavam velozmente e ele despertava para elas como antigamente despertara para realidades nas quais estas recordações eram apenas a escuridão. Já tinha feito exatamente isto antes, em algum lugar situado naquele outro mundo vagamente lembrado e estava fazendo de novo, correndo livremente pelos espaços abertos, a terra frouxa sob suas patas, o imenso céu acima de sua cabeça.

Pararam para beber junto às águas ligeiras de um regato; e quando parou, Buck lembrou-se de John Thornton. Ele sentou-se. O lobo recomeçou a correr em direção ao lugar de onde o chamado certamente vinha e então retornou até onde ele estava, encostando novamente o focinho ao dele de modo a encorajá-lo. Porém Buck mudou de direção e recomeçou a percorrer lentamente o caminho de volta. Por quase uma hora seu irmão selvagem correu a seu lado, ganindo baixinho. Então sentou-se, apontou o focinho para cima e uivou. Era um uivo triste e melancólico e, enquanto Buck seguia firmemente seu caminho, foi-se tornando cada vez mais fraco, até perder-se na distância.

John Thornton jantava quando Buck entrou correndo no acampamento e lançou-se sobre ele, em um frenesi de afeto, derrubando-o, subindo em cima dele, lambendo-lhe o rosto, mordendo-lhe a mão, "fazendo papel de bobo", como Thornton definia isto, ao mesmo tempo que balançava o grande corpo de Buck e o recobria de ofensas carinhosas.

Por dois dias e duas noites Buck não saiu do acampamento e não deixou Thornton fora de suas vistas. Seguia-o enquanto trabalhava, cuidava enquanto comia, observava quando entrava para baixo dos cobertores e estava vigiando quando se acordava de manhã. Mas, depois de dois dias, o chamado da floresta começou a soar mais imperiosamente do que nunca. A inquietude de Buck redobrou e sentia-se assombrado pelas recordações de seu irmão selvagem, da terra sorridente que ficava além das colinas e da corrida lado a lado através dos amplos bosques. Novamente ele começou a vaguear pelas matas, mas o irmão selvagem não retornou; e, embora ele escutasse durante longas vigílias, o uivo melancólico não tornou a ser escutado.

Começou a passar noites fora, dormindo longe do acampamento por dias seguidos; e uma vez chegou mesmo a cruzar as colinas na nascente do córrego e desceu para a terra de florestas e riachos. Vagueou por lá durante uma semana, procurando em vão uma pista fresca de seu irmão selvagem, matando a própria comida enquanto viajava com o galope leve que parecia nunca cansar. Pescava salmões em um regato largo que ia desaguar em algum ponto do mar, e junto a este regato matou um grande urso negro que, cego pelos mosquitos enquanto também pescava, corria enfurecido pela floresta, indefeso e aterrorizado. Mesmo assim, foi um combate difícil, que trouxe à tona os derradeiros restos da ferocidade de Buck. E dois dias mais tarde, quando retornou ao ponto em que o matara, encontrou uma dúzia de carcajus[44] disputando a carcaça, e espalhou-os como um monte de palha; e os que fugiram deixaram para trás dois, que nunca mais lutariam.

O desejo de sangue tornou-se muito mais forte que antes. Ele era um matador, um predador, alimentando-se de animais ainda vivos, sem precisar de ajuda, solitário, em virtude de sua própria força e habilidade, sobrevivendo triunfantemente em um ambiente hostil em que somente sobrevivem os mais fortes. Devido a tudo isso, foi tomado por um grande orgulho de si mesmo, que contagiou cada célula de seu corpo. Este orgulho era anunciado por cada um de seus movimentos, estava aparente nas contrações de cada músculo, expressava-se tão claramente como palavras na maneira como se comportava e tornava seus pelos sedosos e brilhantes ainda mais cheios de glória. Exceto pela mancha castanha de seu focinho, que se estendia até acima dos olhos e pela faixa branca que descia pelo meio de seu peito, poderia muito bem ser confundido com um lobo gigantesco, maior que os maiores membros dessa espécie. Tinha herdado o tamanho e o peso de seu pai São Bernardo, mas era sua mãe pastora que dera forma a esse tamanho e peso. Seu focinho era longo como o de um lobo, só que era maior que o focinho de qualquer lobo, e sua cabeça, ainda que fosse um pouco mais larga, era a cabeça de um lobo em escala maciça.

Sua esperteza era a esperteza de um lobo, a esperteza dos animais selvagens; sua inteligência, a mesma dos

---

44. Pequeno mamífero carnívoro, pelo negro estriado de branco, aproximadamente do tamanho de uma raposa, esperto, de grande força para seu tamanho, caracterizado por enormes garras que lhe servem para escavar extensos labirintos subterrâneos, mas que o tornam temível como inimigo. Até mesmo os grandes ursos pardos evitam lutar contra eles. Mustelídeos de hábitos noturnos, há duas espécies, o Gulo luscus, também chamado de glutão americano, e o Taxides taxus, chamado de texugo americano. O nome vem do algonquino *karkajou*, mas é mais conhecido como *wolverine*. (N.T.)

cães pastores e dos São Bernardo; tudo isto, mais uma experiência obtida na mais cruel das escolas, o tornava um inimigo tão formidável como qualquer criatura que errasse pela natureza. Carnívoro, vivendo exclusivamente de carne, estava no auge de sua força, no apogeu de sua vida, ardente de vigor e virilidade. Quando Thornton passava a mão carinhosa sobre seu dorso, era acompanhada por estalos e crepitações, cada pelo descarregando o magnetismo acumulado ao entrar em contato com o corpo do homem. Cada parte de seu organismo, cérebro e corpo, tecidos nervosos e fibras musculares, estava perfeitamente afinada; entre todas as partes, havia um perfeito equilíbrio e ajustamento. Ele reagia como um relâmpago a qualquer visão, som ou acontecimento que exigisse uma ação como resposta. Rápido como um cão *husky* pode pular para atacar ou defender-se, ele podia pular com o dobro da velocidade. Via o movimento ou escutava o som e respondia em menos tempo do que outro cão precisaria somente para interpretá-los. Percebia, determinava e reagia no mesmo instante. De fato, as três ações de perceber, determinar e reagir ocorriam em sequência; mas os intervalos entre elas eram tão infinitesimais que davam a impressão de serem simultâneas. Seus músculos pareciam transbordar de vitalidade e punham-se em ação tão prontamente como fios de aço. A vida fluía através de seu corpo em um fluxo esplêndido, alegre e dominador, até parecer que ia explodir de dentro dele em puro êxtase e derramar-se generosamente sobre o mundo.

– Nunca houve um cão como esse – comentou John Thornton, um dia em que os sócios observavam a saída de Buck do acampamento.

– Depois que o fizeram, quebraram a forma – disse Pete.

– Puxa fida! – afirmou Hans. – Eu tampém penso assim.

Eles o viram sair do acampamento, mas não perceberam a transformação instantânea e terrível que ocorreu nele no momento em que se sentiu na intimidade da floresta. Não marchava mais. Tornou-se de imediato uma criatura das selvas, avançando em silêncio com patas de gato, uma sombra passageira que aparecia e desaparecia no meio das outras sombras. Sabia como tirar vantagem da menor proteção, como arrastar-se sobre o ventre igual a uma cobra e saltar para o bote tal qual uma serpente. Podia agarrar uma ptármiga[45] pelo pescoço, matar um coelho adormecido e capturar em pleno ar os pequenos *chipmunks*[46] que fugiam para as árvores com um segundo de atraso. Os peixes das grandes lagoas não eram rápidos demais para ele; nem os castores que consertavam suas represas eram cautelosos o bastante. Mas ele somente matava para comer, não por capricho ou prazer; todavia, preferia comer o que ele mesmo tivesse abatido. Assim, uma satisfação oculta permeava todas as suas ações e sentia um enorme prazer ao aproximar-se sorrateiramente dos esquilos quando não sentia fome e deixá-los fugir no último momento, chiando de medo mortal até chegarem ao topo das árvores.

À medida que se aproximava o outono, os alces apareciam em grande abundância, movendo-se lentamente para o Sul para invernar nos vales mais baixos, onde o clima era menos rigoroso. Buck já havia derrubado um filhote jovem que havia se afastado do rebanho; porém surgiu dentro dele um forte desejo de abater caça maior

---

45. Várias espécies de grous do gênero Lagopus, as ptármigas (do gaélico *tarmachan*) são aves típicas das regiões nórdicas, cujas patas são completamente recobertas de penas. (N.T.)

46. Diversas variedades do gênero Tamias, os *chipmunks* são pequenos roedores de pelo estriado, aparentados com os esquilos, que habitam as áreas arborizadas da Ásia e da América do Norte. Os personagens Tico e Teco (Tic e Tac), que atormentam o Pato Donald, são *chipmunks* e não esquilos verdadeiros. (N.T.)

e mais formidável, e encontrou-a um dia no alto das colinas junto à nascente do regato. Um bando de vinte alces tinha subido da região dos bosques e riachos e o líder deles era um grande macho. Ele demonstrava uma disposição selvagem e violenta e, com mais de um metro e oitenta de altura, era o antagonista mais formidável que Buck poderia desejar. O macho balançava seus grandes galhos espalmados para frente e para trás, divididos em catorze pontas e com uma envergadura de mais de dois metros. Seus olhos pequenos pareciam queimar com uma luz maligna e venenosa, enquanto ele mugia de fúria ao avistar Buck.

Do flanco do alce, quase junto ao ombro, brotavam a haste e as penas de uma flecha, o que explicava sua irritação. Guiado por aquele instinto que provinha de priscas eras quando caçava nas florestas do mundo primitivo, Buck manobrou de modo a separar o macho do rebanho. Não foi uma tarefa fácil. Ele latia e dançava em frente ao alce, na distância exata para fugir ao alcance da grande galhada e dos terríveis cascos fendidos que poderiam tirar-lhe a vida com uma única patada. Incapaz de dar as costas ao perigo daquelas presas e impedido de prosseguir, o macho foi levado a paroxismos de cólera. Nesses momentos, ele avançava em direção a Buck, que recuava argutamente, atraindo-o por meio de uma incapacidade de fugir que era apenas simulada. Porém, cada vez que ele era assim separado de seus companheiros, dois ou três dos machos mais jovens atiravam-se sobre Buck e permitiam ao alce ferido reunir-se novamente à manada.

Existe uma paciência peculiar à natureza – obstinada, persistente e incansável como a própria vida – que mantém imóvel durante horas a aranha em sua teia, a serpente em seus espirais e a pantera em sua emboscada; esta paciência se manifesta principalmente nos predadores que se alimentam de outros seres vivos; e se manifestava em Buck enquanto ele se mantinha junto à manada, retardando-lhe a marcha, irritando os machos mais jovens, assustando as fêmeas com seus filhotes meio crescidos e deixando o alce ferido louco de raiva impotente. Essas manobras duraram por metade de um dia. Buck se desdobrava, atacando de todos os lados, abrangendo o rebanho em um redemoinho de ameaças, afastando a vítima da proteção do grupo tão depressa quanto esta conseguia retornar à segurança, desgastando a paciência das criaturas que são caçadas, que já de início é menor que a dos predadores.

À medida que o dia passava e o sol descia para seu leito ao noroeste (a escuridão já havia retornado e as noites de outono tinham seis horas de duração), os alces jovens vinham em socorro de seu líder assediado cada vez com maior relutância. A aproximação do inverno os incitava à busca dos vales mais abrigados e parecia que eles não conseguiriam se livrar nunca desta criatura incansável que lhes impedia a marcha. Além disso, percebiam de uma maneira vaga que não era a vida da manada, nem suas próprias vidas que estavam ameaçadas. A vida de um único membro do rebanho era exigida e este interesse era mais remoto que a proteção de suas vidas; desde modo, acabaram por contentar-se em pagar o tributo.

Ao cair do crepúsculo, o velho macho parou com a cabeça abaixada, observando seus companheiros – as fêmeas que ele havia fecundado, os filhotes que havia gerado, os machos jovens que havia dominado – enquanto estes se afastavam, esmagando o solo com o ritmo rápido de seus cascos pesados através da luz fraca. Ele não podia segui-los porque diante de seu focinho saltava incansavelmente o terror impiedoso de dentes pontiagudos que não queriam deixá-lo em paz. Pesava seiscentos e cinquenta quilos, tinha vivido uma vida longa e saudável, cheia de lutas e vicissitudes e agora, no final dela, enfrentava a morte nas presas de uma criatura cuja cabeça não ultrapassava seus grandes joelhos ossudos.

A partir desse momento, dia e noite, Buck não abandonou sua presa, jamais lhe concedeu um momento de descanso, não permitiu que comesse as folhas das árvores nem pastasse os brotos de jovens salgueiros e vidoeiros. Tampouco deu ao alce ferido qualquer oportunidade para saciar a sede abrasadora nos fios de água serpenteantes que atravessaram. Frequentemente, em seu desespero, ele se punha a correr longamente, tentando fugir para qualquer direção possível. Nessas ocasiões, Buck não tentava impedi-lo, mas corria tranquilamente em seus calcanhares, satisfeito com as regras do jogo, deitando-se para descansar quando o alce parava, atacando-o ferozmente cada vez que ele tentava comer ou beber.

A grande cabeça se abaixava cada vez mais sob o peso da galhada e o trote arrastado foi ficando mais e mais fraco. Começou a ficar imóvel por longos períodos, com o focinho no chão e as orelhas murchas pendendo frouxamente; o que significava que Buck teria mais tempo para beber e descansar. Em tais momentos, resfolegando com a língua vermelha balouçante e os olhos fixos sobre o grande macho, Buck tinha a impressão de que todas as coisas estavam passando por uma mudança. Podia sentir algo surgindo por toda a terra. Do mesmo modo que os alces estavam aparecendo, outros tipos de vida também estavam chegando. A floresta, as correntes e os ares pareciam palpitar com sua presença. Essa novidade projetou-se sobre ele, não através da vista, audição ou faro, mas por meio de algum outro sentido mais sutil. Não ouvia nada, não enxergava nada e não obstante sabia que a terra estava diferente; que estranhas coisas despertavam e se moviam; e decidiu investigar tão logo tivesse terminado sua tarefa presente.

Enfim, ao final do quarto dia, ele derrubou o grande alce. Durante um dia e uma noite ele permaneceu junto ao animal abatido, comendo e dormindo alternadamente. Depois, descansado, nutrido e cheio de força, dirigiu-se para o acampamento, a fim de rever John Thornton. Iniciou seu galope suave e manteve o ritmo hora após hora, não se perdendo nunca nos emaranhados do caminho, dirigindo-se diretamente ao ponto pretendido através de regiões que nunca cruzara, numa direção tão certeira e com orientação tão exata que envergonharia os homens e as agulhas magnéticas de suas bússolas.

Enquanto corria, tornava-se cada vez mais consciente da nova agitação que perpassava a terra. Havia novas formas de vida andando por ali, diferentes dos animais que a percorriam no verão. Este fato não lhe era mais transmitido de uma forma sutil e misteriosa. Os pássaros falavam dele, os esquilos chilreavam a respeito, a própria brisa murmurava em seu ouvido. Diversas vezes parou e respirou largos haustos do ar fresco da manhã, lendo uma mensagem que o fazia saltar com maior velocidade ainda. Estava oprimido pela sensação de que uma calamidade estava ocorrendo naquele momento, se é que já não ocorrera. E quando cruzou o grande divisor de águas e desceu ao vale que conduzia até o acampamento, passou a mover-se com maior precaução.

Após percorrer mais cinco quilômetros, topou em uma trilha fresca que lhe deixou os pelos eriçados e ondulando. Levava diretamente ao acampamento e a John Thornton. Buck apressou ainda mais a corrida, veloz mas furtivamente, cada nervo preparado e tenso, percebendo uma multidão de detalhes que lhe contavam uma história – só não revelavam o final. Seu focinho lhe forneceu uma descrição variada da passagem da vida que ele vinha perseguindo de perto. Observou o silêncio assustador da floresta. Todos os pássaros haviam voado para longe.

Todos os esquilos estavam ocultos. Avistou somente um – uma criaturinha esbelta e acinzentada, colada a um galho morto e cinzento de tal modo que parecia fazer parte dele, um nó da madeira projetando-se do ramo seco.

Enquanto Buck deslizava para frente com a obscuridade de uma sombra flutuante, seu focinho virou-se subitamente para um lado como se uma força material o tivesse agarrado e puxado. Seguiu o novo cheiro até um arbusto e encontrou Nig. Estava deitado de lado, morto onde se arrastara para passar os derradeiros momentos, uma flecha atravessando-lhe o corpo, a ponta aparecendo de um lado e as penas do outro.

Cem metros adiante, Buck encontrou um dos cães de trenó que Thornton tinha comprado em Dawson. Este ainda se debatia, lutando contra a morte, bem no meio da trilha, e Buck passou ao lado dele sem parar. Do acampamento provinha o som fraco de muitas vozes, subindo e descendo em uma espécie de cantilena. Arrastando-se sobre o ventre até a beirada da clareira, encontrou Hans, caído de rosto para baixo, perfurado por tantas flechas que lembrava um porco-espinho. No mesmo instante, Buck divisou o local em que tinha sido construído o abrigo de ramos de abeto e a visão fez os pelos de seu pescoço e espáduas eriçarem-se completamente. Um acesso de raiva terrível apoderou-se dele. Nem percebeu que estava rosnando, mas roncou com terrível ferocidade. Pela última vez em sua vida permitiu que a paixão superasse a sagacidade e a razão; e só perdeu a cabeça devido a seu grande amor por John Thornton.

Os Yeehats[47] dançavam ao redor dos destroços da cabana de ramos de abeto quando escutaram um rugido

---

47. Tribo de índios americanos conhecidos por sua ferocidade, aparentados aos *koloshes* e aos *kaniagyutes,* que não são verdadeiros peles-vermelhas, mas pertencem à mesma etnia do grupo aleúte, que se distribui do extremo-oriente da Ásia até a Ilha de Vancouver, passando pelo Alasca, Yukon e a costa noroeste do Canadá. (N.T.)

horroroso e viram saltar sobre eles um animal como nunca tinham encontrado antes. Era Buck, um furacão vivo de fúria, lançando-se sobre eles em um frenesi de destruição. Saltou sobre o homem que estava mais à frente (que era o chefe da tribo), rasgando-lhe completamente a garganta até que a jugular aberta esguichasse como uma fonte de sangue. Não parou para infligir novos ferimentos à vítima, mas em seu salto seguinte deu outra dentada de passagem, abrindo a garganta de um segundo homem. Não havia como resistir-lhe. Ele pulava sem parar bem no meio deles, rasgando, arrancando, destruindo, em movimentos constantes e terríveis que desafiavam as flechas que lhe lançavam. De fato, seus movimentos eram tão inconcebivelmente rápidos e os índios estavam tão próximos uns dos outros que acabavam por acertar-se mutuamente com as setas; e um jovem caçador, brandindo uma lança contra Buck, cravou-a no peito de outro caçador com tanta força que a ponta atravessou-lhe a pele das costas e projetou-se para fora. Então o pânico apoderou-se dos Yeehats, que fugiram aterrorizados para a floresta, proclamando em sua fuga que estavam sendo perseguidos pelo Espírito Maligno.

E realmente Buck era a encarnação do próprio Demônio, correndo enfurecido atrás deles e arrastando-os para o solo um após outro como se fossem cervos, enquanto o bando corria por entre a mata. Foi um dia fatídico para os Yeehats. Eles espalharam-se em todas as direções e somente uma semana depois os últimos sobreviventes chegaram a um vale escondido para contar suas baixas. Quando Buck, cansado da perseguição, retornou para o acampamento desolado. Encontrou Pete no local onde tinha sido assassinado, no primeiro momento da surpresa, ainda no meio de seus cobertores. A luta desesperada de Thornton estava marcada pelas pistas ainda frescas sobre o solo e Buck farejou cada detalhe delas até a beirada de uma lagoa funda. Junto à margem, a cabeça e as patas dianteiras dentro da água, jazia Skeet, fiel até o fim. A própria lagoa, lamacenta e descolorida pelas caixas de cascalho que tinham sido lavadas nela, escondia ciumentamente seu conteúdo, e este era o corpo de John Thornton, porque Buck seguiu-lhe as pegadas até a água e nenhuma trilha saía dela.

O dia inteiro Buck sentou-se tristemente à beira da lagoa ou vagou inquieto pelo acampamento destruído. Ele conhecia a Morte: era uma cessação do movimento, uma passagem total e definitiva para fora das existências dos vivos e sabia que John Thornton estava morto. Sentia um grande vazio dentro de si mesmo, uma dor parecida com a dor da fome, porém um vazio que pulsava e latejava e que comida alguma poderia preencher. Em certas ocasiões, quando se punha a contemplar as carcaças dos Yeehats, esquecia a dor por alguns minutos; nesses momentos, o que percebia era seu grande orgulho e autoestima – um orgulho maior que qualquer outro que tivesse experimentado antes. Tinha matado homens, a caça mais nobre que existe e os tinha matado dentro dos estatutos da lei do porrete e das presas. Farejou os cadáveres curiosamente. Tinham morrido tão facilmente. Era muito mais difícil matar um *husky* do que eles. Não tinham a menor capacidade de luta, se não fosse por suas flechas, lanças e porretes. Doravante não teria mais o menor medo deles, exceto quanto trouxessem nas mãos flechas, lanças e porretes.

A noite desceu e a lua cheia ergueu-se bem alto no céu, acima das copas das árvores, iluminando a terra até que ela se transformasse em um dia fantasmagórico. E com a chegada da noite, lamentando e pranteando junto à lagoa, Buck percebeu o alvoroço de um novo tipo de vida na floresta diferente daquele que os Yeehats tinham produzido. Ergueu-se, escutando e cheirando o ar. A grande distância escutou um ladrido agudo e fraco, seguido por um coro de sons semelhantes. À medida que os momentos se passavam, os latidos se aproximavam e ficavam mais distintos. E novamente Buck os reconheceu como coisas que tinha ouvido naquele outro mundo que persistia em sua memória. Caminhou até o centro do espaço aberto e pôs-se a escutar. Era o chamado, a melodia de muitas notas, soando mais atraente e sedutora do que jamais tinha soado. Estava pronto para atendê-lo como nunca estivera antes. John Thornton estava morto. O último laço estava desfeito. Os homens e suas pretensões não mais o prendiam.

Caçando seu alimento vivo, como os Yeehats tinham estado a caçá-lo, acompanhando as manadas de alces migratórios, a alcateia tinha finalmente cruzado o divisor de águas entre a terra dos bosques e regatos e invadido o vale de Buck. Derramaram-se como uma inundação prateada na clareira banhada pelo luar; e no centro da clareira estava Buck, imóvel como uma estátua, aguardando-lhes a chegada. Ficaram surpresos, de tão grande que era seu tamanho e sua imobilidade, mas após um momento, o mais audaz de todos saltou diretamente contra ele. Buck atingiu-o como um relâmpago, quebrando-lhe o pescoço. E permaneceu parado, sem fazer um movimento, tal como antes, enquanto o lobo moribundo rolava em agonia por trás dele. Três outros tentaram, em rápida sucessão; um após o outro recuaram, o sangue escorrendo de gargantas rasgadas ou de ombros feridos.

Isto foi quanto bastou para lançar para a frente a alcateia inteira, em uma confusão desordenada de corpos misturados, bloqueando e confundindo uns aos outros na sua ansiedade por derrubar a presa. A maravilhosa rapidez e agilidade de Buck permitiram-lhe suportar a investida com serenidade. Girando sobre as patas traseiras, mordendo e rasgando, estava em toda a parte ao mesmo tempo, apresentando uma frente que aparentemente não tinha brechas, tão rapidamente redemoinhava e rodopiava, defendendo-se de todos os lados. Mas para evitar que eles o atacassem por trás, ele foi sendo lentamente forçado a recuar, passando a lagoa e subindo pelo leito de um riacho, até que se encostou a um barranco alto de cascalhos. Foi movimentando o corpo deliberadamente até encontrar uma reentrância que formava um ângulo reto para dentro do barranco, que tinha sido escavada pelos homens durante sua garimpagem. Protegido de três lados por este nicho, entrincheirou-se sem ter nada mais a recear, porque os inimigos só podiam atacá-lo pela frente.

E os enfrentou tão bem, que dentro de meia hora os lobos recuaram descorçoados. Todos estavam com as línguas de fora, tremendo de cansaço, seus caninos brancos brilhando cruelmente à luz do luar. Alguns se deitaram com apenas as cabeças erguidas e as orelhas voltadas para a frente; outros permaneciam sobre as patas, vigiando-o atentamente; enquanto outros lambiam a água da lagoa. Então um dos lobos, comprido, magro e cinzento, avançou cuidadosamente, como se quisesse fazer amizade, e Buck reconheceu o irmão selvagem com quem tinha corrido durante um dia e uma noite. Soltou um som quase inaudível e, quando Buck retribuiu o gemido, tocaram os focinhos.

Então avançou um lobo velho, esquelético e marcado pelas cicatrizes de muitas batalhas. Buck retorceu os beiços no princípio de um rosnado, mas depois tocou-lhe o focinho e farejaram-se mutuamente. Feito isso, o lobo velho sentou-se sobre os quadris, apontou o focinho para a lua e iniciou o longo uivo dos lobos. Os outros também sentaram e uivaram. E então o chamado chegou a Buck em tons inconfundíveis. Ele também sentou-se e uivou. Terminado o ritual, saiu da proteção do ângulo na parede de cascalho e a alcateia reuniu-se ao seu redor, farejando de uma maneira meio amigável e meio hostil. Então os líderes iniciaram o latido característico da alcateia e correram em direção à floresta. Os lobos saltaram atrás deles, uivando em coro. E Buck correu com eles, lado a lado com seu irmão selvagem, uivando enquanto corria.

E aqui pode terminar a história de Buck. Não se passaram muitos anos até que os Yeehats percebessem que a raça dos lobos da floresta estava se modificando, pois alguns traziam manchas castanhas no focinho e na cabeça e uma faixa branca que lhes descia ao longo do peito. Mais notável ainda do que isto é a lenda que contam os Yeehats sobre um Cão Fantasma que corre à frente da matilha. Têm muito medo deste Cão Fantasma, porque sua esperteza é bem maior que a deles, rouba alimentos de suas aldeias quando os invernos são mais ásperos, assalta suas armadilhas, mata seus cães e desafia os mais bravos dentre seus caçadores.

Não é só isso, a lenda se torna pior ainda. Muitos caçadores deixaram de retornar aos acampamentos; e há outros bravos que seus companheiros de tribo encontraram com as gargantas cruelmente abertas e com pegadas de lobo ao redor neles nos campos de neve que são muito maiores que as marcas deixadas por qualquer lobo. A cada outono, quando os Yeehats seguem o movimento dos alces, há um certo vale em que nunca penetram. E existem mulheres entre eles que se entristecem cada vez que as conversas ao redor do fogo relatam a maneira como o Espírito Maligno escolheu esse vale para sua habitação.

A cada verão, entretanto, um visitante penetra neste vale, do qual nada sabem os Yeehats. É um lobo imenso, com uma gloriosa cobertura de pelos, semelhante e todavia diferente de todos os outros lobos. Ele cruza sozinho a terra sorridente de bosques e regatos e desce até um espaço aberto entre as árvores. Ali flui uma corrente amarela, vinda do interior de sacos apodrecidos fabricados com couro de alce, que vai escorrendo e penetrando no solo, enquanto o capim alto cresce no meio dela e os líquens e fungos a vão recobrindo lentamente até que todo o amarelo fica escondido da luz do sol; aqui o visitante medita por um longo tempo, uiva uma única vez, longa e melancolicamente, e então se retira.

Mas nem sempre ele anda sozinho. Quando chegam as longas noites de inverno e os lobos seguem as manadas que lhes fornecem a carne até seus abrigos nos vales mais profundos, ele pode ser visto correndo à frente da alcateia, sob a pálida luz da lua ou iluminado pelo brilho frouxo e trêmulo da aurora boreal, seu vulto imenso destacando-se como o de um gigante em meio aos seus companheiros, sua enorme garganta ressoando na harmonia de uma canção que existe desde que o mundo era jovem: a canção da matilha.

Coleção L&PM POCKET (Lançamentos mais recentes)

698. **Dez (quase) amores** – Claudia Tajes
699. **Poirot sempre espera** – Agatha Christie
701. **Apologia de Sócrates** *precedido de* **Êutifron e** *seguido de* **Críton** – Platão
702. **Wood & Stock** – Angeli
703. **Striptiras (3)** – Laerte
704. **Discurso sobre a origem e os fundamentos da desigualdade entre os homens** – Rousseau
705. **Os duelistas** – Joseph Conrad
706. **Dilbert (2)** – Scott Adams
707. **Viver e escrever** (vol. 1) – Edla van Steen
708. **Viver e escrever** (vol. 2) – Edla van Steen
709. **Viver e escrever** (vol. 3) – Edla van Steen
710. **A teia da aranha** – Agatha Christie
711. **O banquete** – Platão
712. **Os belos e malditos** – F. Scott Fitzgerald
713. **Libelo contra a arte moderna** – Salvador Dalí
714. **Akropolis** – Valerio Massimo Manfredi
715. **Devoradores de mortos** – Michael Crichton
716. **Sob o sol da Toscana** – Frances Mayes
717. **Batom na cueca** – Nani
718. **Vida dura** – Claudia Tajes
719. **Carne trêmula** – Ruth Rendell
720. **Cris, a fera** – David Coimbra
721. **O anticristo** – Nietzsche
722. **Como um romance** – Daniel Pennac
723. **Emboscada no Forte Bragg** – Tom Wolfe
724. **Assédio sexual** – Michael Crichton
725. **O espírito do Zen** – Alan W.Watts
726. **Um bonde chamado desejo** – Tennessee Williams
727. **Como gostais** *seguido de* **Conto de inverno** – Shakespeare
728. **Tratado sobre a tolerância** – Voltaire
729. **Snoopy: Doces ou travessuras? (7)** – Charles Schulz
730. **Cardápios do Anonymus Gourmet** – J.A. Pinheiro Machado
731. **100 receitas com lata** – J.A. Pinheiro Machado
732. **Conhece o Mário? vol.2** – Santiago
733. **Dilbert (3)** – Scott Adams
734. **História de um louco amor** *seguido de* **Passado amor** – Horacio Quiroga
735(11). **Sexo: muito prazer** – Laura Meyer da Silva
736(12). **Para entender o adolescente** – Dr. Ronald Pagnoncelli
737(13). **Desembarcando a tristeza** – Dr. Fernando Lucchese
738. **Poirot e o mistério da arca espanhola & outras histórias** – Agatha Christie
739. **A última legião** – Valerio Massimo Manfredi
741. **Sol nascente** – Michael Crichton
742. **Duzentos ladrões** – Dalton Trevisan
743. **Os devaneios do caminhante solitário** – Rousseau
744. **Garfield, o rei da preguiça (10)** – Jim Davis
745. **Os magnatas** – Charles R. Morris
746. **Pulp** – Charles Bukowski
747. **Enquanto agonizo** – William Faulkner
748. **Aline: viciada em sexo (3)** – Adão Iturrusgarai
749. **A dama do cachorrinho** – Anton Tchékhov
750. **Tito Andrônico** – Shakespeare
751. **Antologia poética** – Anna Akhmátova
752. **O melhor de Hagar 6** – Dik e Chris Browne
753(12). **Michelangelo** – Nadine Sautel
754. **Dilbert (4)** – Scott Adams
755. **O jardim das cerejeiras** *seguido de* **Tio Vânia** – Tchékhov
756. **Geração Beat** – Claudio Willer
757. **Santos Dumont** – Alcy Cheuiche
758. **Budismo** – Claude B. Levenson
759. **Cleópatra** – Christian-Georges Schwentzel
760. **Revolução Francesa** – Frédéric Bluche, Stéphane Rials e Jean Tulard
761. **A crise de 1929** – Bernard Gazier
762. **Sigmund Freud** – Edson Sousa e Paulo Endo
763. **Império Romano** – Patrick Le Roux
764. **Cruzadas** – Cécile Morrisson
765. **O mistério do Trem Azul** – Agatha Christie
768. **Senso comum** – Thomas Paine
769. **O parque dos dinossauros** – Michael Crichton
770. **Trilogia da paixão** – Goethe
773. **Snoopy: No mundo da lua! (8)** – Charles Schulz
774. **Os Quatro Grandes** – Agatha Christie
775. **Um brinde de cianureto** – Agatha Christie
776. **Súplicas atendidas** – Truman Capote
779. **A viúva imortal** – Millôr Fernandes
780. **Cabala** – Roland Goetschel
781. **Capitalismo** – Claude Jessua
782. **Mitologia grega** – Pierre Grimal
783. **Economia: 100 palavras-chave** – Jean-Paul Betbèze
784. **Marxismo** – Henri Lefebvre
785. **Punição para a inocência** – Agatha Christie
786. **A extravagância do morto** – Agatha Christie
787(13). **Cézanne** – Bernard Fauconnier
788. **A identidade Bourne** – Robert Ludlum
789. **Da tranquilidade da alma** – Sêneca
790. **Um artista da fome** *seguido de* **Na colônia penal e outras histórias** – Kafka
791. **Histórias de fantasmas** – Charles Dickens
796. **O Uraguai** – Basílio da Gama
797. **A mão misteriosa** – Agatha Christie
798. **Testemunha ocular do crime** – Agatha Christie
801. **Crepúsculo dos ídolos** – Friedrich Nietzsche
802. **O grande golpe** – Dashiell Hammett
803. **Humor barra pesada** – Nani
804. **Vinho** – Jean-François Gautier
805. **Egito Antigo** – Sophie Desplancques
806(14). **Baudelaire** – Jean-Baptiste Baronian
807. **Caminho da sabedoria, caminho da paz** – Dalai Lama e Felizitas von Schönborn
808. **Senhor e servo e outras histórias** – Tolstói

809. **Os cadernos de Malte Laurids Brigge** – Rilke
810. **Dilbert (5)** – Scott Adams
811. **Big Sur** – Jack Kerouac
812. **Seguindo a correnteza** – Agatha Christie
813. **O álibi** – Sandra Brown
814. **Montanha-russa** – Martha Medeiros
815. **Coisas da vida** – Martha Medeiros
816. **A cantada infalível** *seguido de* **A mulher do centroavante** – David Coimbra
819. **Snoopy: Pausa para a soneca (9)** – Charles Schulz
820. **De pernas pro ar** – Eduardo Galeano
821. **Tragédias gregas** – Pascal Thiercy
822. **Existencialismo** – Jacques Colette
823. **Nietzsche** – Jean Granier
824. **Amar ou depender?** – Walter Riso
825. **Darmapada: A doutrina budista em versos**
826. **J'Accuse...!** – a verdade em marcha – Zola
827. **Os crimes ABC** – Agatha Christie
828. **Um gato entre os pombos** – Agatha Christie
831. **Dicionário de teatro** – Luiz Paulo Vasconcellos
832. **Cartas extraviadas** – Martha Medeiros
833. **A longa viagem de prazer** – J. J. Morosoli
834. **Receitas fáceis** – J. A. Pinheiro Machado
835. (14).**Mais fatos & mitos** – Dr. Fernando Lucchese
836. (15).**Boa viagem!** – Dr. Fernando Lucchese
837. **Aline: Finalmente nua!!!** (4) – Adão Iturrusgarai
838. **Mônica tem uma novidade!** – Mauricio de Sousa
839. **Cebolinha em apuros!** – Mauricio de Sousa
840. **Sócios no crime** – Agatha Christie
841. **Bocas do tempo** – Eduardo Galeano
842. **Orgulho e preconceito** – Jane Austen
843. **Impressionismo** – Dominique Lobstein
844. **Escrita chinesa** – Viviane Alleton
845. **Paris: uma história** – Yvan Combeau
846. (15).**Van Gogh** – David Haziot
848. **Portal do destino** – Agatha Christie
849. **O futuro de uma ilusão** – Freud
850. **O mal-estar na cultura** – Freud
853. **Um crime adormecido** – Agatha Christie
854. **Satori em Paris** – Jack Kerouac
855. **Medo e delírio em Las Vegas** – Hunter Thompson
856. **Um negócio fracassado e outros contos de humor** – Tchékhov
857. **Mônica está de férias!** – Mauricio de Sousa
858. **De quem é esse coelho?** – Mauricio de Sousa
860. **O mistério Sittaford** – Agatha Christie
861. **Manhã transfigurada** – L. A. de Assis Brasil
862. **Alexandre, o Grande** – Pierre Briant
863. **Jesus** – Charles Perrot
864. **Islã** – Paul Balta
865. **Guerra da Secessão** – Farid Ameur
866. **Um rio que vem da Grécia** – Cláudio Moreno
868. **Assassinato na casa do pastor** – Agatha Christie
869. **Manual do líder** – Napoleão Bonaparte
870. (16).**Billie Holiday** – Sylvia Fol
871. **Bidu arrasando!** – Mauricio de Sousa
872. **Os Sousa: Desventuras em família** – Mauricio de Sousa
874. **E no final a morte** – Agatha Christie
875. **Guia prático do Português correto – vol. 4** – Cláudio Moreno
876. **Dilbert (6)** – Scott Adams
877. (17).**Leonardo da Vinci** – Sophie Chauveau
878. **Bella Toscana** – Frances Mayes
879. **A arte da ficção** – David Lodge
880. **Striptiras (4)** – Laerte
881. **Skrotinhos** – Angeli
882. **Depois do funeral** – Agatha Christie
883. **Radicci 7** – Iotti
884. **Walden** – H. D. Thoreau
885. **Lincoln** – Allen C. Guelzo
886. **Primeira Guerra Mundial** – Michael Howard
887. **A linha de sombra** – Joseph Conrad
888. **O amor é um cão dos diabos** – Bukowski
890. **Despertar: uma vida de Buda** – Jack Kerouac
891. (18).**Albert Einstein** – Laurent Seksik
892. **Hell's Angels** – Hunter Thompson
893. **Ausência na primavera** – Agatha Christie
894. **Dilbert (7)** – Scott Adams
895. **Ao sul de lugar nenhum** – Bukowski
896. **Maquiavel** – Quentin Skinner
897. **Sócrates** – C.C.W. Taylor
899. **O Natal de Poirot** – Agatha Christie
900. **As veias abertas da América Latina** – Eduardo Galeano
901. **Snoopy: Sempre alerta! (10)** – Charles Schulz
902. **Chico Bento: Plantando confusão** – Mauricio de Sousa
903. **Penadinho: Quem é morto sempre aparece** – Mauricio de Sousa
904. **A vida sexual da mulher feia** – Claudia Tajes
905. **100 segredos de liquidificador** – José Antonio Pinheiro Machado
906. **Sexo muito prazer 2** – Laura Meyer da Silva
907. **Os nascimentos** – Eduardo Galeano
908. **As caras e as máscaras** – Eduardo Galeano
909. **O século do vento** – Eduardo Galeano
910. **Poirot perde uma cliente** – Agatha Christie
911. **Cérebro** – Michael O'Shea
912. **O escaravelho de ouro e outras histórias** – Edgar Allan Poe
913. **Piadas para sempre (4)** – Visconde da Casa Verde
914. **100 receitas de massas light** – Helena Tonetto
915. (19).**Oscar Wilde** – Daniel Salvatore Schiffer
916. **Uma breve história do mundo** – H. G. Wells
917. **A Casa do Penhasco** – Agatha Christie
919. **John M. Keynes** – Bernard Gazier
920. (20).**Virginia Woolf** – Alexandra Lemasson
921. **Peter e Wendy** *seguido de* **Peter Pan em Kensington Gardens** – J. M. Barrie
922. **Aline: numas de colegial (5)** – Adão Iturrusgarai
923. **Uma dose mortal** – Agatha Christie
924. **Os trabalhos de Hércules** – Agatha Christie
926. **Kant** – Roger Scruton
927. **A inocência do Padre Brown** – G.K. Chesterton
928. **Casa Velha** – Machado de Assis
929. **Marcas de nascença** – Nancy Huston
930. **Aulete de bolso**

931. **Hora Zero** – Agatha Christie
932. **Morte na Mesopotâmia** – Agatha Christie
934. **Nem te conto, João** – Dalton Trevisan
935. **As aventuras de Huckleberry Finn** – Mark Twain
936(21). **Marilyn Monroe** – Anne Plantagenet
937. **China moderna** – Rana Mitter
938. **Dinossauros** – David Norman
939. **Louca por homem** – Claudia Tajes
940. **Amores de alto risco** – Walter Riso
941. **Jogo de damas** – David Coimbra
942. **Filha é filha** – Agatha Christie
943. **M ou N?** – Agatha Christie
945. **Bidu: diversão em dobro!** – Mauricio de Sousa
946. **Fogo** – Anaïs Nin
947. **Rum: diário de um jornalista bêbado** – Hunter Thompson
948. **Persuasão** – Jane Austen
949. **Lágrimas na chuva** – Sergio Faraco
950. **Mulheres** – Bukowski
951. **Um pressentimento funesto** – Agatha Christie
952. **Cartas na mesa** – Agatha Christie
954. **O lobo do mar** – Jack London
955. **Os gatos** – Patricia Highsmith
956(22). **Jesus** – Christiane Rancé
957. **História da medicina** – William Bynum
958. **O Morro dos Ventos Uivantes** – Emily Brontë
959. **A filosofia na era trágica dos gregos** – Nietzsche
960. **Os treze problemas** – Agatha Christie
961. **A massagista japonesa** – Moacyr Scliar
963. **Humor do miserê** – Nani
964. **Todo o mundo tem dúvida, inclusive você** – Édison de Oliveira
965. **A dama do Bar Nevada** – Sergio Faraco
969. **O psicopata americano** – Bret Easton Ellis
970. **Ensaios de amor** – Alain de Botton
971. **O grande Gatsby** – F. Scott Fitzgerald
972. **Por que não sou cristão** – Bertrand Russell
973. **A Casa Torta** – Agatha Christie
974. **Encontro com a morte** – Agatha Christie
975(23). **Rimbaud** – Jean-Baptiste Baronian
976. **Cartas na rua** – Bukowski
977. **Memória** – Jonathan K. Foster
978. **A abadia de Northanger** – Jane Austen
979. **As pernas de Úrsula** – Claudia Tajes
980. **Retrato inacabado** – Agatha Christie
981. **Solanin (1)** – Inio Asano
982. **Solanin (2)** – Inio Asano
983. **Aventuras de menino** – Mitsuru Adachi
984(16). **Fatos & mitos sobre sua alimentação** – Dr. Fernando Lucchese
985. **Teoria quântica** – John Polkinghorne
986. **O eterno marido** – Fiódor Dostoiévski
987. **Um safado em Dublin** – J. P. Donleavy
988. **Mirinha** – Dalton Trevisan
989. **Akhenaton e Nefertiti** – Carmen Seganfredo e A. S. Franchini
990. **On the Road – o manuscrito original** – Jack Kerouac
991. **Relatividade** – Russell Stannard
992. **Abaixo de zero** – Bret Easton Ellis
993(24). **Andy Warhol** – Mériam Korichi
995. **Os últimos casos de Miss Marple** – Agatha Christie
996. **Nico Demo: Aí vem encrenca** – Mauricio de Sousa
998. **Rousseau** – Robert Wokler
999. **Noite sem fim** – Agatha Christie
1000. **Diários de Andy Warhol (1)** – Editado por Pat Hackett
1001. **Diários de Andy Warhol (2)** – Editado por Pat Hackett
1002. **Cartier-Bresson: o olhar do século** – Pierre Assouline
1003. **As melhores histórias da mitologia: vol. 1** – A.S. Franchini e Carmen Seganfredo
1004. **As melhores histórias da mitologia: vol. 2** – A.S. Franchini e Carmen Seganfredo
1005. **Assassinato no beco** – Agatha Christie
1006. **Convite para um homicídio** – Agatha Christie
1008. **História da vida** – Michael J. Benton
1009. **Jung** – Anthony Stevens
1010. **Arsène Lupin, ladrão de casaca** – Maurice Leblanc
1011. **Dublinenses** – James Joyce
1012. **120 tirinhas da Turma da Mônica** – Mauricio de Sousa
1013. **Antologia poética** – Fernando Pessoa
1014. **A aventura de um cliente ilustre** *seguido de* **O último adeus de Sherlock Holmes** – Sir Arthur Conan Doyle
1015. **Cenas de Nova York** – Jack Kerouac
1016. **A corista** – Anton Tchékhov
1017. **O diabo** – Leon Tolstói
1018. **Fábulas chinesas** – Sérgio Capparelli e Márcia Schmaltz
1019. **O gato do Brasil** – Sir Arthur Conan Doyle
1020. **Missa do Galo** – Machado de Assis
1021. **O mistério de Marie Rogêt** – Edgar Allan Poe
1022. **A mulher mais linda da cidade** – Bukowski
1023. **O retrato** – Nicolai Gogol
1024. **O conflito** – Agatha Christie
1025. **Os primeiros casos de Poirot** – Agatha Christie
1027(25). **Beethoven** – Bernard Fauconnier
1028. **Platão** – Julia Annas
1029. **Cleo e Daniel** – Roberto Freire
1030. **Til** – José de Alencar
1031. **Viagens na minha terra** – Almeida Garrett
1032. **Profissões para mulheres e outros artigos feministas** – Virginia Woolf
1033. **Mrs. Dalloway** – Virginia Woolf
1034. **O cão da morte** – Agatha Christie
1035. **Tragédia em três atos** – Agatha Christie
1037. **O fantasma da Ópera** – Gaston Leroux
1038. **Evolução** – Brian e Deborah Charlesworth
1039. **Medida por medida** – Shakespeare
1040. **Razão e sentimento** – Jane Austen
1041. **A obra-prima ignorada** *seguido de* **Um episódio durante o Terror** – Balzac
1042. **A fugitiva** – Anaïs Nin
1043. **As grandes histórias da mitologia greco-romana** – A. S. Franchini

1044. **O corno de si mesmo & outras historietas** – Marquês de Sade
1045. **Da felicidade** *seguido de* **Da vida retirada** – Sêneca
1046. **O horror em Red Hook e outras histórias** – H. P. Lovecraft
1047. **Noite em claro** – Martha Medeiros
1048. **Poemas clássicos chineses** – Li Bai, Du Fu e Wang Wei
1049. **A terceira moça** – Agatha Christie
1050. **Um destino ignorado** – Agatha Christie
1051(26). **Buda** – Sophie Royer
1052. **Guerra Fria** – Robert J. McMahon
1053. **Simons's Cat: as aventuras de um gato travesso e comilão – vol. 1** – Simon Tofield
1054. **Simons's Cat: as aventuras de um gato travesso e comilão – vol. 2** – Simon Tofield
1055. **Só as mulheres e as baratas sobreviverão** – Claudia Tajes
1057. **Pré-história** – Chris Gosden
1058. **Pintou sujeira!** – Mauricio de Sousa
1059. **Contos de Mamãe Gansa** – Charles Perrault
1060. **A interpretação dos sonhos: vol. 1** – Freud
1061. **A interpretação dos sonhos: vol. 2** – Freud
1062. **Frufru Rataplã Dolores** – Dalton Trevisan
1063. **As melhores histórias da mitologia egípcia** – Carmem Seganfredo e A.S. Franchini
1064. **Infância. Adolescência. Juventude** – Tolstói
1065. **As consolações da filosofia** – Alain de Botton
1066. **Diários de Jack Kerouac – 1947-1954**
1067. **Revolução Francesa – vol. 1** – Max Gallo
1068. **Revolução Francesa – vol. 2** – Max Gallo
1069. **O detetive Parker Pyne** – Agatha Christie
1070. **Memórias do esquecimento** – Flávio Tavares
1071. **Drogas** – Leslie Iversen
1072. **Manual de ecologia (vol.2)** – J. Lutzenberger
1073. **Como andar no labirinto** – Affonso Romano de Sant'Anna
1074. **A orquídea e o serial killer** – Juremir Machado da Silva
1075. **Amor nos tempos de fúria** – Lawrence Ferlinghetti
1076. **A aventura do pudim de Natal** – Agatha Christie
1078. **Amores que matam** – Patricia Faur
1079. **Histórias de pescador** – Mauricio de Sousa
1080. **Pedaços de um caderno manchado de vinho** – Bukowski
1081. **A ferro e fogo: tempo de solidão (vol.1)** – Josué Guimarães
1082. **A ferro e fogo: tempo de guerra (vol.2)** – Josué Guimarães
1084(17). **Desembarcando o Alzheimer** – Dr. Fernando Lucchese e Dra. Ana Hartmann
1085. **A maldição do espelho** – Agatha Christie
1086. **Uma breve história da filosofia** – Nigel Warburton
1088. **Heróis da História** – Will Durant
1089. **Concerto campestre** – L. A. de Assis Brasil
1090. **Morte nas nuvens** – Agatha Christie
1092. **Aventura em Bagdá** – Agatha Christie
1093. **O cavalo amarelo** – Agatha Christie
1094. **O método de interpretação dos sonhos** – Freud
1095. **Sonetos de amor e desamor** – Vários
1096. **120 tirinhas do Dilbert** – Scott Adams
1097. **200 fábulas de Esopo**
1098. **O curioso caso de Benjamin Button** – F. Scott Fitzgerald
1099. **Piadas para sempre: uma antologia para morrer de rir** – Visconde da Casa Verde
1100. **Hamlet (Mangá)** – Shakespeare
1101. **A arte da guerra (Mangá)** – Sun Tzu
1104. **As melhores histórias da Bíblia (vol.1)** – A. S. Franchini e Carmen Seganfredo
1105. **As melhores histórias da Bíblia (vol.2)** – A. S. Franchini e Carmen Seganfredo
1106. **Psicologia das massas e análise do eu** – Freud
1107. **Guerra Civil Espanhola** – Helen Graham
1108. **A autoestrada do sul e outras histórias** – Julio Cortázar
1109. **O mistério dos sete relógios** – Agatha Christie
1110. **Peanuts: Ninguém gosta de mim... (amor)** – Charles Schulz
1111. **Cadê o bolo?** – Mauricio de Sousa
1112. **O filósofo ignorante** – Voltaire
1113. **Totem e tabu** – Freud
1114. **Filosofia pré-socrática** – Catherine Osborne
1115. **Desejo de status** – Alain de Botton
1118. **Passageiro para Frankfurt** – Agatha Christie
1120. **Kill All Enemies** – Melvin Burgess
1121. **A morte da sra. McGinty** – Agatha Christie
1122. **Revolução Russa** – S. A. Smith
1123. **Até você, Capitu?** – Dalton Trevisan
1124. **O grande Gatsby (Mangá)** – F. S. Fitzgerald
1125. **Assim falou Zaratustra (Mangá)** – Nietzsche
1126. **Peanuts: É para isso que servem os amigos (amizade)** – Charles Schulz
1127(27). **Nietzsche** – Dorian Astor
1128. **Bidu: Hora do banho** – Mauricio de Sousa
1129. **O melhor do Macanudo Taurino** – Santiago
1130. **Radicci 30 anos** – Iotti
1131. **Show de sabores** – J.A. Pinheiro Machado
1132. **O prazer das palavras – vol. 3** – Cláudio Moreno
1133. **Morte na praia** – Agatha Christie
1134. **O fardo** – Agatha Christie
1135. **Manifesto do Partido Comunista (Mangá)** – Marx & Engels
1136. **A metamorfose (Mangá)** – Franz Kafka
1137. **Por que você não se casou... ainda** – Tracy McMillan
1138. **Textos autobiográficos** – Bukowski
1139. **A importância de ser prudente** – Oscar Wilde
1140. **Sobre a vontade na natureza** – Arthur Schopenhauer
1141. **Dilbert (8)** – Scott Adams
1142. **Entre dois amores** – Agatha Christie
1143. **Cipreste triste** – Agatha Christie
1144. **Alguém viu uma assombração?** – Mauricio de Sousa
1145. **Mandela** – Elleke Boehmer
1146. **Retrato do artista quando jovem** – James Joyce

1147. **Zadig ou o destino** – Voltaire
1148. **O contrato social (Mangá)** – J.-J. Rousseau
1149. **Garfield fenomenal** – Jim Davis
1150. **A queda da América** – Allen Ginsberg
1151. **Música na noite & outros ensaios** – Aldous Huxley
1152. **Poesias inéditas & Poemas dramáticos** – Fernando Pessoa
1153. **Peanuts: Felicidade é...** – Charles M. Schulz
1154. **Mate-me por favor** – Legs McNeil e Gillian McCain
1155. **Assassinato no Expresso Oriente** – Agatha Christie
1156. **Um punhado de centeio** – Agatha Christie
1157. **A interpretação dos sonhos (Mangá)** – Freud
1158. **Peanuts: Você não entende o sentido da vida** – Charles M. Schulz
1159. **A dinastia Rothschild** – Herbert R. Lottman
1160. **A Mansão Hollow** – Agatha Christie
1161. **Nas montanhas da loucura** – H.P. Lovecraft
1162(28). **Napoleão Bonaparte** – Pascale Fautrier
1163. **Um corpo na biblioteca** – Agatha Christie
1164. **Inovação** – Mark Dodgson e David Gann
1165. **O que toda mulher deve saber sobre os homens: a afetividade masculina** – Walter Riso
1166. **O amor está no ar** – Mauricio de Sousa
1167. **Testemunha de acusação & outras histórias** – Agatha Christie
1168. **Etiqueta de bolso** – Celia Ribeiro
1169. **Poesia reunida (volume 3)** – Affonso Romano de Sant'Anna
1170. **Emma** – Jane Austen
1171. **Que seja em segredo** – Ana Miranda
1172. **Garfield sem apetite** – Jim Davis
1173. **Garfield: Foi mal...** – Jim Davis
1174. **Os irmãos Karamázov (Mangá)** – Dostoiévski
1175. **O Pequeno Príncipe** – Antoine de Saint-Exupéry
1176. **Peanuts: Ninguém mais tem o espírito aventureiro** – Charles M. Schulz
1177. **Assim falou Zaratustra** – Nietzsche
1178. **Morte no Nilo** – Agatha Christie
1179. **Ê, soneca boa** – Mauricio de Sousa
1180. **Garfield a todo o vapor** – Jim Davis
1181. **Em busca do tempo perdido (Mangá)** – Proust
1182. **Cai o pano: o último caso de Poirot** – Agatha Christie
1183. **Livro para colorir e relaxar** – Livro 1
1184. **Para colorir sem parar**
1185. **Os elefantes não esquecem** – Agatha Christie
1186. **Teoria da relatividade** – Albert Einstein
1187. **Compêndio da psicanálise** – Freud
1188. **Visões de Gerard** – Jack Kerouac
1189. **Fim de verão** – Mohiro Kitoh
1190. **Procurando diversão** – Mauricio de Sousa
1191. **E não sobrou nenhum e outras peças** – Agatha Christie
1192. **Ansiedade** – Daniel Freeman & Jason Freeman
1193. **Garfield: pausa para o almoço** – Jim Davis
1194. **Contos do dia e da noite** – Guy de Maupassant
1195. **O melhor de Hagar 7** – Dik Browne
1196(29). **Lou Andreas-Salomé** – Dorian Astor
1197(30). **Pasolini** – René de Ceccatty
1198. **O caso do Hotel Bertram** – Agatha Christie
1199. **Crônicas de motel** – Sam Shepard
1200. **Pequena filosofia da paz interior** – Catherine Rambert
1201. **Os sertões** – Euclides da Cunha
1202. **Treze à mesa** – Agatha Christie
1203. **Bíblia** – John Riches
1204. **Anjos** – David Albert Jones
1205. **As tirinhas do Guri de Uruguaiana 1** – Jair Kobe
1206. **Entre aspas (vol.1)** – Fernando Eichenberg
1207. **Escrita** – Andrew Robinson
1208. **O spleen de Paris: pequenos poemas em prosa** – Charles Baudelaire
1209. **Satíricon** – Petrônio
1210. **O avarento** – Molière
1211. **Queimando na água, afogando-se na chama** – Bukowski
1212. **Miscelânea septuagenária: contos e poemas** – Bukowski
1213. **Que filosofar é aprender a morrer e outros ensaios** – Montaigne
1214. **Da amizade e outros ensaios** – Montaigne
1215. **O medo à espreita e outras histórias** – H.P. Lovecraft
1216. **A obra de arte na era de sua reprodutibilidade técnica** – Walter Benjamin
1217. **Sobre a liberdade** – John Stuart Mill
1218. **O segredo de Chimneys** – Agatha Christie
1219. **Morte na rua Hickory** – Agatha Christie
1220. **Ulisses (Mangá)** – James Joyce
1221. **Ateísmo** – Julian Baggini
1222. **Os melhores contos de Katherine Mansfield** – Katherine Mansfied
1223(31). **Martin Luther King** – Alain Foix
1224. **Millôr Definitivo: uma antologia de** *A Bíblia do Caos* – Millôr Fernandes
1225. **O Clube das Terças-Feiras e outras histórias** – Agatha Christie
1226. **Por que sou tão sábio** – Nietzsche
1227. **Sobre a mentira** – Platão
1228. **Sobre a leitura** *seguido do* **Depoimento de Céleste Albaret** – Proust
1229. **O homem do terno marrom** – Agatha Christie
1230(32). **Jimi Hendrix** – Franck Médioni
1231. **Amor e amizade e outras histórias** – Jane Austen
1232. **Lady Susan, Os Watson e Sanditon** – Jane Austen
1233. **Uma breve história da ciência** – William Bynum
1234. **Macunaíma: o herói sem nenhum caráter** – Mário de Andrade
1235. **A máquina do tempo** – H.G. Wells

1236. **O homem invisível** – H.G. Wells
1237. **Os 36 estratagemas: manual secreto da arte da guerra** – Anônimo
1238. **A mina de ouro e outras histórias** – Agatha Christie
1239. **Pic** – Jack Kerouac
1240. **O habitante da escuridão e outros contos** – H.P. Lovecraft
1241. **O chamado de Cthulhu e outros contos** – H.P. Lovecraft
1242. **O melhor de Meu reino por um cavalo!** – Edição de Ivan Pinheiro Machado
1243. **A guerra dos mundos** – H.G. Wells
1244. **O caso da criada perfeita e outras histórias** – Agatha Christie
1245. **Morte por afogamento e outras histórias** – Agatha Christie
1246. **Assassinato no Comitê Central** – Manuel Vázquez Montalbán
1247. **O papai é pop** – Marcos Piangers
1248. **O papai é pop 2** – Marcos Piangers
1249. **A mamãe é rock** – Ana Cardoso
1250. **Paris boêmia** – Dan Franck
1251. **Paris libertária** – Dan Franck
1252. **Paris ocupada** – Dan Franck
1253. **Uma anedota infame** – Dostoiévski
1254. **O último dia de um condenado** – Victor Hugo
1255. **Nem só de caviar vive o homem** – J.M. Simmel
1256. **Amanhã é outro dia** – J.M. Simmel
1257. **Mulherzinhas** – Louisa May Alcott
1258. **Reforma Protestante** – Peter Marshall
1259. **História econômica global** – Robert C. Allen
1260.(33).**Che Guevara** – Alain Foix
1261. **Câncer** – Nicholas James
1262. **Akhenaton** – Agatha Christie
1263. **Aforismos para a sabedoria de vida** – Arthur Schopenhauer
1264. **Uma história do mundo** – David Coimbra
1265. **Ame e não sofra** – Walter Riso
1266. **Desapegue-se!** – Walter Riso
1267. **Os Sousa: Uma famíla do barulho** – Mauricio de Sousa
1268. **Nico Demo: O rei da travessura** – Mauricio de Sousa
1269. **Testemunha de acusação e outras peças** – Agatha Christie
1270.(34).**Dostoiévski** – Virgil Tanase
1271. **O melhor de Hagar 8** – Dik Browne
1272. **O melhor de Hagar 9** – Dik Browne
1273. **O melhor de Hagar 10** – Dik e Chris Browne
1274. **Considerações sobre o governo representativo** – John Stuart Mill
1275. **O homem Moisés e a religião monoteísta** – Freud
1276. **Inibição, sintoma e medo** – Freud
1277. **Além do princípio do prazer** – Freud
1278. **O direito de dizer não!** – Walter Riso
1279. **A arte de ser flexível** – Walter Riso
1280. **Casados e descasados** – August Strindberg
1281. **Da Terra à Lua** – Júlio Verne
1282. **Minhas galerias e meus pintores** – Kahnweiler
1283. **A arte do romance** – Virginia Woolf
1284. **Teatro completo v. 1: As aves da noite** *seguido de* O visitante – Hilda Hilst
1285. **Teatro completo v. 2: O verdugo** *seguido de* A morte do patriarca – Hilda Hilst
1286. **Teatro completo v. 3: O rato no muro** *seguido de* Auto da barca de Camiri – Hilda Hilst
1287. **Teatro completo v. 4: A empresa** *seguido de* O novo sistema – Hilda Hilst
1288. **Sapiens: Uma breve história da humanidade** – Yuval Noah Harari
1289. **Fora de mim** – Martha Medeiros
1290. **Divã** – Martha Medeiros
1291. **Sobre a genealogia da moral: um escrito polêmico** – Nietzsche
1292. **A consciência de Zeno** – Italo Svevo
1293. **Células-tronco** – Jonathan Slack
1294. **O fim do ciúme e outros contos** – Proust
1295. **A jangada** – Júlio Verne
1296. **A ilha do dr. Moreau** – H.G. Wells
1297. **Ninho de fidalgos** – Ivan Turguêniev
1298. **Jane Eyre** – Charlotte Brontë
1299. **Sobre gatos** – Bukowski
1300. **Sobre o amor** – Bukowski
1301. **Escrever para não enlouquecer** – Bukowski
1302. **222 receitas** – J. A. Pinheiro Machado
1303. **Reinações de Narizinho** – Monteiro Lobato
1304. **O Saci** – Monteiro Lobato
1305. **Memórias da Emília** – Monteiro Lobato
1306. **O Picapau Amarelo** – Monteiro Lobato
1307. **A reforma da Natureza** – Monteiro Lobato
1308. **Fábulas** *seguido de* Histórias diversas – Monteiro Lobato
1309. **Aventuras de Hans Staden** – Monteiro Lobato
1310. **Peter Pan** – Monteiro Lobato
1311. **Dom Quixote das crianças** – Monteiro Lobato
1312. **O Minotauro** – Monteiro Lobato
1313. **Um quarto só seu** – Virginia Woolf
1314. **Sonetos** – Shakespeare
1315.(35).**Thoreau** – Marie Berthoumieu e Laura El Makki
1316. **Teoria da arte** – Cynthia Freeland
1317. **A arte da prudência** – Baltasar Gracián
1318. **O louco** *seguido de* Areia e espuma – Khalil Gibran
1319. **O profeta** *seguido de* O jardim do profeta – Khalil Gibran
1320. **Jesus, o Filho do Homem** – Khalil Gibran
1321. **A luta** – Norman Mailer
1322. **Sobre o sofrimento do mundo e outros ensaios** – Schopenhauer
1323. **Epidemiologia** – Rodolfo Saracci
1324. **Japão moderno** – Christopher Goto-Jones
1325. **A arte da meditação** – Matthieu Ricard
1326. **O adversário secreto** – Agatha Christie
1327. **Pollyanna** – Eleanor H. Porter

lepmeditores
www.lpm.com.br
o site que conta tudo

IMPRESSÃO:

PALLOTTI
GRÁFICA

Santa Maria - RS | Fone: (55) 3220.4500
www.graficapallotti.com.br